LES PETITS VÉTÉRINAIRES

CHIOTS EN DANGER

L'auteur

Laurie Halse Anderson est un auteur américain qui a publié plus d'une trentaine de romans pour la jeunesse et remporté de nombreux prix, dont le *Edwards Award* et le *National Book Award*.

Dans la même collection

1. *Chiots en danger*
2. *Sans abri*
3. *Une seconde chance*
4. *Sauvetage*
5. *Un ami pour la vie*
6. *Pris au piège*
7. *Une leçon de courage*
8. *Chasse interdite*
9. *Un obstacle de taille*
10. *À tire-d'aile*
11. *Mascarade*
12. *Course contre la montre*
13. *Un nouveau départ*
14. *Sans défense*
15. *Une vie meilleure*
16. *Abandonnés*

Laurie Halse Anderson

LES PETITS VÉTÉRINAIRES

CHIOTS EN DANGER

Traduit de l'anglais (États-Unis) par Joy Boswell

POCKET JEUNESSE
PKJ·

À mes filles, Meredith et Stephanie.
Merci pour votre patience, votre soutien et votre humour.
Puissiez-vous toujours avoir le cœur sauvage.

Titre original :
Vet Volunteers
1. Fight for Life

Publié pour la première fois aux États-Unis en 2000
par Pleasant Company Publications, puis en 2007
par Penguin Young Readers Group.

Contribution : Malina Stachurska

Loi n° 49-956 du 16 juillet 1949 sur les publications
destinées à la jeunesse : janvier 2011.

ISBN 978-2-266-19787-8

Salut !

Tu as déjà un animal de compagnie, ou tu souhaites en avoir un ? Tu rêves de devenir un jour vétérinaire ? Alors, comme moi, tu dois aimer les animaux !

J'en ai eu plusieurs chez moi : des chiens, des chats, des souris, et même une salamandre. Mon chien préféré était un berger allemand. Il s'appelait Canut. Je l'ai trouvé dans un refuge quand il avait deux ans. Je ne partais jamais courir sans lui, et grâce à son soutien j'ai réussi à m'entraîner suffisamment pour participer à un semi-marathon.

Il est mort dans mes bras, il y a quelques années. Je garde toujours son collier dans mon bureau : il m'inspire quand j'écris.

Les petits vétérinaires de la clinique du docteur Macore adorent eux aussi les animaux. J'espère que tu prendras autant de plaisir à lire *Chiots en danger* que j'en ai eu à l'écrire.

Laurie Halse Anderson

Chapitre un

— Milli, assis !

Milli est une jolie chienne de la race des terriers. Elle a un beau pelage marron avec une grosse tache noire, un long museau, de petites oreilles et une queue minuscule.

Depuis tout à l'heure, j'essaie de lui apprendre à s'asseoir. Milli fait celle qui ne comprend pas. Elle grogne, gémit et me regarde d'un air perdu... C'est du cinéma ; les terriers sont des chiens très intelligents.

— Allez, on recommence. Milli, assis !

Elle se met à aboyer et à tourner en rond, comme si elle voulait attraper sa queue. Je n'y arriverai jamais !

Ses propriétaires m'ont prévenue qu'elle n'était pas très obéissante. Comme j'aime les défis, je leur ai promis de la dresser. « Un chiot idiot, ça n'existe pas ! » répète ma grand-mère.

Grand-mère est vétérinaire et possède sa propre clinique. Elle s'appelle Hélène Macore, mais tout le monde ici l'appelle Doc' Mac. Je l'aide souvent à la clinique, et elle me confie même de petits travaux… Le dressage de Milli, par exemple.

Tous les copains m'envient. C'est vrai que c'est génial, de vivre avec plein d'animaux. J'apprends des tas de choses sur eux et sur le métier de vétérinaire.

Un jour, grand-mère m'a dit : « Tu sais, Sophie, on peut toujours dresser un animal, mais il reste libre… Libre et indomptable ! » C'est pareil avec les enfants. Ça, c'est grâce à moi qu'elle l'a appris…

Mes parents sont morts quand j'étais bébé, et depuis je vis avec elle. Je ne me souviens pas d'eux. Grand-mère dit que je leur ressemble : il paraît que j'ai les taches de rousseur de mon père et le caractère de ma mère. Elle dit aussi que s'occuper des animaux l'a préparée à prendre soin de moi. Trop drôle !

Ça y est, Milli s'est enfin calmée ! Je parie qu'elle a le tournis.

— Allez, fini de jouer, Milli. Assis !

Elle recule et se met à aboyer. Bon, on va essayer autre chose…

Je tire un peu sur sa laisse, et avec ma main libre j'appuie sur son arrière-train pour lui montrer ce qu'elle doit faire. Mauvaise idée : dès que ses fesses touchent le sol, elle roule sur le dos et commence à se trémousser. Elle veut que je lui gratte le ventre. Pas question ! Sinon, elle va croire que les séances de dressage, c'est de la rigolade.

— Hé, Milli, ce n'est pas fini ! Debout !

Elle se relève sans se presser et se secoue vigoureusement.

— Assis !

Miracle, elle obéit !

— Bravo, ma belle !

Je lui caresse la tête. Il faut toujours féliciter un chien quand il réussit à faire ce qu'on lui demande. C'est le secret d'un bon dressage.

— C'est tout pour aujourd'hui.

Je détache sa laisse, et Milli se met à courir dans tous les sens.

Milli est différente de Sherlock Holmes, mon vieux basset. Sherlock est plus dodu, et beaucoup plus paresseux. Son occupation favorite : faire la sieste sous le chêne. Il vit avec nous et, comme notre maison est accolée à la clinique, je vois passer plein d'autres animaux de compagnie : chiens, chats, lapins, hamsters, souris, oiseaux, et même, parfois, des chevaux et des chèvres.

— Sophie !

C'est ma grand-mère qui m'appelle.

— Va faire tes devoirs, dépêche-toi.

Oh non ! Pas maintenant...

J'avoue : je ne suis pas une élève modèle. Et les devoirs, c'est vraiment pas mon truc ! Pourtant, je me donne du mal pour avoir de bonnes notes. Ça ne marche jamais ! Du coup, grand-mère veut que je prenne des cours de rattrapage, au lieu de travailler à la clinique. Ah non, alors ! Pas question !

Je me défends en lui disant que je sais faire des tas d'autres choses : donner un bain à un chien, rattraper un cochon d'Inde qui s'est sauvé de sa cage... Je peux même tirer à la carabine en plein dans le mille quand je vais à la fête foraine. Enfin, presque dans le mille...

Grand-mère répond toujours que ce n'est pas ça qui m'aidera à rentrer au lycée. Devant mon air buté, elle sort l'argument choc : les études de vétérinaire sont longues et difficiles. Oui, je sais, il faut être bonne élève pour y arriver, blablabla. En attendant, j'en ai marre de me faire gronder tout le temps à cause de mes résultats !

— J'en ai pour une petite demi-heure avec Milli. Je n'ai que quelques exercices de maths pour demain.

— Ça m'étonnerait… Je te donne cinq minutes.

Ouf! Encore cinq minutes de liberté.

À l'instant où ma grand-mère va refermer la porte, son chat se faufile à l'extérieur. Il s'appelle Socrate, comme le grand philosophe grec. Elle lui a donné ce nom parce qu'il a le front plissé, comme s'il réfléchissait.

Je trouve surtout qu'il ressemble à un joueur de rugby, avec son pelage roux et ses pattes musclées. Il est très habile, et c'est un vrai crâneur, qui se prend pour le roi de la maison. La preuve: il vient de grimper sur le chêne et surveille son royaume d'un air supérieur.

Sherlock, imperturbable, n'a pas bougé de sa place sous l'arbre.

— Viens ici, Sherlock! Tu vas montrer à Milli comment on fait.

Le vieux basset se lève à contrecœur et s'approche en reniflant le sol.

Les bassets sont des chiens très courts sur pattes. Leur truffe est si près du sol qu'aucune odeur ne leur échappe. C'est de là que vient son nom: comme le célèbre détective, mon chien a du flair. Aujourd'hui, il n'y a apparemment rien à signaler.

Sherlock s'avance sans se presser jusqu'à moi. Puis il me regarde d'un air endormi en attendant mes ordres.

— Sherlock, assis ! dis-je d'un ton ferme.

Poum. Son derrière se pose par terre.

— Sherlock, couché !

Il allonge ses pattes avant, jusqu'à ce qu'il soit en position couchée. Milli le regarde faire… J'espère qu'elle va suivre son exemple !

— Ne bouge pas, Sherlock.

Je file à l'autre bout de la cour.

— Sherlock, viens ici !

Aussitôt, il s'élance vers moi, Milli sur ses talons. Elle pense que c'est un jeu !

— Tu es le meilleur, Sherlock !

Je m'accroupis pour le caresser, et Milli en profite pour poser son museau sur mes genoux. Une fois de plus, dès que j'essaie de la toucher, elle roule sur le dos.

— Toi aussi, tu es un bon chien, Milli, même si tu es une vraie tête de mule !

Je lui gratte gentiment le ventre, et elle grogne de plaisir.

— Fais comme ton copain. Il m'écoute, lui !

Tout à coup, les deux chiens dressent l'oreille et courent en aboyant : une voiture vient de se garer devant la clinique.

Chapitre deux

Je me précipite derrière les chiens et regarde vers le parking : une femme se rue comme une folle vers la clinique, un chiot inerte dans les bras.

— Sherlock, Milli ! Au pied !

Sherlock obéit aussitôt ; mais Milli fait la sourde d'oreille. Elle préfère aller se prélasser au fond de la cour. Ça, c'est la meilleure ! Pendant une heure je lui ai demandé de poser son arrière-train, et elle n'a rien voulu entendre.

Il ne me reste plus qu'une chose à faire.

— Milli, couchée !

Elle se dresse d'un bond et court vers moi. Maintenant, il n'y a plus de doute, elle le fait exprès. Elle n'est pas si bête, après tout.

Je les conduis tous les deux au chenil, où nous sommes accueillis par un concert d'aboiements. C'est ici que nous gardons les chiens dont les maîtres sont en vacances. J'ouvre le box de Milli et m'assure qu'elle a de l'eau fraîche. Elle se met à boire à grandes lapées et renverse la moitié de son bol. Je suis bonne pour passer la serpillière tout à l'heure...

Sherlock, lui, trottine vers la porte de la maison, la truffe scotchée au sol, au cas où il y aurait quelque chose à se mettre sous la dent... Comme il est très doux et très gentil, on le laisse se promener où il veut. Quant à moi, je fonce à la clinique en espérant assister à la consultation.

Il y a deux salles d'examen dans notre clinique, une de chaque côté de la salle d'attente. Dans celle de gauche, j'entends ma grand-mère qui discute avec la cliente. Je frappe doucement...

— Entre ! lance-t-elle.

Au fait, je ne vous l'ai pas présentée ! C'est une femme assez imposante. Elle est bien plus grande que moi. Enfin, vu ma taille, ce n'est pas difficile... Elle a les bras musclés, les cheveux courts, elle porte des vêtements de couleurs vives, même quand elle travaille. Rien à voir avec une mamie ordinaire ! À la clinique, elle mène tout le monde à la baguette, mais elle adore les animaux. Je l'admire beaucoup ; pour moi, c'est la meilleure vétérinaire du monde.

— Viens voir ce chiot, me dit-elle.

Je m'approche et observe l'animal avec attention, comme elle me l'a appris.

Notre patient est un labrador noir d'environ deux mois. Alors que les chiots de son âge ont le ventre bien dodu, celui-ci est très maigre. Au lieu de remuer dans tous les sens et fourrer sa truffe partout, il reste allongé, l'air abattu. Ses yeux sont enfoncés dans leurs orbites, ce qui est un signe de déshydratation : il n'a pas assez d'eau dans son corps. Son pelage est terne et parsemé de petites taches blanches : il a aussi un problème de peau.

Grand-mère se met au travail. Elle écoute le cœur et la respiration du labrador avec un stéthoscope, puis palpe son abdomen. Elle essaie ensuite de le remettre sur ses pattes ; en vain, le chiot s'écroule aussitôt sur la table. Mon cœur se serre, va-t-il survivre ? Je me ressaisis : comme dit ma grand-mère, ce n'est pas en pleurant qu'on va le soigner.

Les yeux, la bouche et les oreilles du chiot sont explorés en dernier, à l'aide d'une lampe fine.

— Depuis quand est-il comme ça ? demande ma grand-mère.

— Depuis que je l'ai acheté, il y a deux jours, au marché, celui de la rue Pencrie, répond la cliente. Il s'appelle Frizbi...

Sa voix se brise. Elle se reprend et continue :

— Il était très faible et très maigre. Je pensais qu'il avait surtout besoin d'amour... Quand je suis rentrée chez moi tout à l'heure, il était étendu par terre sans bouger. Il n'arrivait même plus à relever la tête !

— Frizbi est très malade, déclare grand-mère. Je vais le réhydrater, et lui faire des tests sanguins.

— Est-ce qu'il va s'en sortir ? demande sa maîtresse en s'essuyant les yeux.

— Il souffre de malnutrition, et ses intestins doivent être infestés de vers. Je suis prête à parier qu'il n'a pas été vacciné. J'en saurai plus après les tests. Nous allons le garder cette nuit, je vous appellerai demain matin pour vous donner des nouvelles.

Grand-mère me jette un coup d'œil, et je reconduis notre cliente à la salle d'attente.

— Ne vous en faites pas, lui dis-je. Ma grand-mère est la meilleure ! Elle fera tout pour sauver Frizbi.

La femme hoche la tête avec un faible sourire, puis griffonne son numéro de téléphone sur un papier avant de sortir.

À peine refermée, la porte s'ouvre de nouveau

avec fracas : un homme fait irruption dans la salle d'attente, une boîte en carton dans les bras, suivi de deux jumeaux d'environ six ans, qui sanglotent bruyamment, comme s'ils venaient de recevoir une bonne fessée.

— Aidez-nous, s'il vous plaît ! s'écrie le père. Ils ne vont pas bien du tout !

J'écarquille les yeux : il s'est trompé d'adresse ; ici on ne soigne que les animaux ! Je comprends mon erreur quand il me tend la boîte : à l'intérieur, il y a deux petits labradors noirs allongés sur une serviette, qui respirent avec difficulté.

Ils ressemblent trait pour trait à Frizbi.

Chapitre trois

Je conduis l'homme et ses deux fils en larmes dans la salle d'examen. Ma grand-mère fronce les sourcils : les cris d'animaux ne la dérangent pas, mais elle déteste les pleurnicheries des enfants.

Le père lui montre la boîte. Elle y jette un coup d'œil, puis se tourne vers moi :

— Emmène Frizbi, s'il te plaît. Je ne veux pas qu'il soit en contact avec ces chiots avant de savoir ce qu'ils ont.

Je prends délicatement le labrador dans mes bras et vais le déposer dans un panier. Je me lave ensuite les mains avec un savon antibactérien. Ma grand-mère est obsédée par les bactéries ! Aucune fille de mon âge n'a les mains aussi bien récurées que moi.

Pendant ce temps, elle se plante devant les jumeaux et leur dit d'une voix ferme :

— Salut, les garçons. Je suis le docteur Macore. Je vais faire tout ce que je peux pour aider vos chiots à guérir. Je veux bien que vous restiez pour regarder, à condition d'être bien sages. Si vous continuez à pleurer, vous devrez attendre dans la pièce à côté. C'est d'accord ?

Les jumeaux hochent la tête en s'essuyant les yeux avec leur manche. Ma grand-mère est une vraie magicienne !

Elle désinfecte la table d'examen avant d'y poser les deux chiots. Comme Frizbi, ils ont le pelage terne, et le corps tout ramolli. Elle profite du silence pour questionner l'homme, tout en auscultant les chiots.

— Quel âge ont-ils ?

— Je ne sais pas exactement, répond-il. Je les ai achetés au marché la semaine dernière. Les garçons ont tout de suite craqué en les voyant. Le type qui nous les a vendus a juste dit qu'ils étaient sevrés.

— Ils sont vaccinés ?

— Il n'en a pas parlé.

— Le vendeur vous a-t-il donné leur dossier médical ?

Notre client baisse la tête d'un air honteux.

— Non... C'était un achat impulsif. Ils étaient si mignons !

Grand-mère s'abstient de tout commentaire, mais je sais qu'elle est en colère : elle aimerait que les gens fassent plus attention quand ils achètent un chien. Ce n'est pas un jouet. Son dossier médical est aussi important que celui d'un humain. Elle poursuit l'examen. Quant à moi, une question me brûle les lèvres :

— Vous ne les auriez pas achetés au marché de la rue Pencrie, par hasard ?

— Si, fait l'homme. Comment le sais-tu ?

— Le petit labrador que vous avez vu vient de là-bas. Il doit s'agir du même vendeur.

Révoltée, je me tourne vers ma grand-mère et m'écrie :

— Nous devons absolument découvrir qui il est ! Il n'a pas le droit de laisser les chiots dans un tel état, et de les vendre en plus ! Je suis sûre qu'il en a encore plein d'autres, et qu'il ne les soigne même pas !

— Du calme, Sophie ! Nous allons d'abord nous occuper de nos patients. Comment s'appellent-ils ?

— Flick et Flock. Flock, c'est le plus petit des deux.

— C'est le mien..., lâche l'un des jumeaux.

Ses lèvres se mettent à trembler... Ça y est, il éclate en sanglots, imité par son frère !

Grand-mère me lance un regard alarmé.

— Sophie...

— Ne vous en faites pas, l'interrompt le père. Nous nous en allons. Vous n'aurez qu'à m'appeler plus tard. Je vais laisser mon nom et mon numéro de téléphone à cette jeune personne.

Une fois qu'ils sont partis, ma grand-mère me charge de rassembler les instruments pour faire une perfusion.

— J'aurai besoin de deux poches de solution de Ringer, dit-elle. Les trois chiots doivent être réhydratés d'urgence.

Pas de problème ! Je réunis le tout en deux temps trois mouvements et le lui apporte, puis je cours chercher Frizbi.

C'est là que la partie technique commence : elle insère une aiguille dans la patte avant de chaque chiot après l'avoir rasée et désinfectée. Ensuite elle y attache un tube en plastique très fin, qu'on appelle un cathéter. Pour terminer, elle relie ce cathéter à la poche de solution de Ringer,

qui pénètre ainsi directement dans la veine des labradors. Cette solution ressemble à de l'eau, mais elle contient des ingrédients spéciaux, appelés «électrolytes», qui aident les chiots à retrouver leurs forces.
Grand-mère leur injecte aussi des antibiotiques pour combattre les infections.

Je lui touche le bras :

— Tu crois qu'ils vont s'en sortir ?

— Je l'espère, soupire-t-elle. Il faut... Va me chercher des fiches médicales, je dois mettre mes notes au propre. Je n'arrive plus à trouver quoi que ce soit depuis que Loïs est partie !

Loïs, notre secrétaire, a démissionné la semaine dernière. C'est la troisième qui nous laisse tomber depuis le début de l'année, et nous ne sommes qu'au mois de mars ! Pas facile d'en trouver une qui ne soit pas allergique aux poils d'animaux, ou qui n'ait pas peur des rongeurs...

Je soulève le comptoir de l'accueil pour accéder au bureau, couvert de feuilles et de Post-it. Les tiroirs débordent, et tous les dossiers sont mélangés. Un vrai cauchemar ! On dirait ma table, là-haut, dans ma chambre...

«Et mes devoirs qui m'attendent... Non, n'y pense surtout pas, Sophie ! Reste concentrée sur ton travail.»

Je farfouille dans les papiers à la recherche de fiches médicales quand une voix me fait sursauter :

— Il y a quelqu'un ?

Chapitre quatre

C'est une fille d'à peu près mon âge. Elle porte un tee-shirt vert, sur lequel on lit : « Sauvons les baleines », de grosses chaussures et des boucles d'oreilles en forme de loup. Ses cheveux bruns sont attachés en queue-de-cheval, et elle fait bien une tête de plus que moi.

Je la reconnais : elle est au collège, et je suis sûre de l'avoir déjà vue à la clinique.

— Salut ! C'est bien toi qui as un corbeau ?

— Oui, répond-elle. Je m'appelle Isabelle Rémy. Il paraît que Doc' Mac cherche des bénévoles. Alors, me voilà ! Par quoi je commence ?

Je suis tellement surprise que je n'arrive pas à articuler deux mots. Quoi ? Elle va travailler ici ?

Il doit y avoir une erreur ! Ma grand-mère ne m'a rien dit.

À cet instant, celle-ci sort de la salle d'examen.

— Sophie, il me faut... Oh, Isabelle, bonjour ! Sophie, tu te souviens d'Isabelle, n'est-ce pas ?

— Oui... Elle est venue avec son corbeau l'année dernière. Il s'appelle Poe, c'est ça ?

— Son nom complet, c'est Edgar Allan Poe, comme l'écrivain ! Tu as une bonne mémoire !

On se regarde quelques secondes d'un air gêné, sans savoir quoi se dire... C'est ma grand-mère qui brise le silence.

— Isabelle va nous aider à partir d'aujourd'hui. Elle m'a appelée la semaine dernière pour me poser quelques questions sur Poe. C'était le jour où Loïs est partie...

Elle jette un regard désespéré sur le bureau en désordre.

Je me racle la gorge :

— Alors, elle va être notre nouvelle secrétaire ?

— Pas exactement. Ça fait longtemps que je cherche un bénévole pour nous donner un coup de main. Comme ça, tu auras plus de temps à consacrer à l'école.

Et voilà, ça recommence !

— D'ailleurs, Isabelle peut s'y mettre dès maintenant, pendant que tu fais tes devoirs, poursuit grand-mère. Les cages ont besoin d'être nettoyées, et il faut surveiller nos nouveaux petits patients. Je viens de les installer en salle de repos.

— Mais... c'est à moi de le faire !

Je n'arrive pas à croire que ma grand-mère a recruté quelqu'un sans expérience. Pour faire MON travail, en plus. Ça ne se passera pas comme ça ! Je dois agir, et vite. Mais attention : grand-mère ne se laisse jamais convaincre par les cris et les larmes. Il faut être rusé :

— On ne peut quand même pas laisser Isabelle se charger de toutes les corvées ! C'est son premier jour... Et je n'ai pas beaucoup de devoirs pour demain.

— C'était bien tenté, Sophie, mais ça ne marche pas, déclare grand-mère.

— Je te jure, je m'inquiète pour vous, Isabelle, toi et les chiots. Tu ne peux pas être partout à la fois...

Je m'interromps, car la clochette de la porte d'entrée retentit, et M. Asher pénètre dans la clinique avec sa tortue dans les bras.

— J'arrive tout de suite, lance ma grand-mère.

— Et si je faisais mes devoirs dans la salle de repos, au cas où Isabelle aurait un problème ?

— Si ça ne vous dérange pas, Doc' Mac, intervient Isabelle, j'aimerais bien que Sophie reste avec moi. J'ai pas mal de questions à lui poser...

Grand-mère nous regarde un long moment sans rien dire. Isabelle lui fait un grand sourire, alors que, moi, je prends mon air le plus innocent.

— Bon, c'est d'accord, répond finalement ma vétérinaire préférée. Mais juste aujourd'hui ! Et je veux que tu me montres ton devoir après le dîner.

Youpi !

J'entraîne vite Isabelle avec moi, avant que ma grand-mère ne change d'avis.

— Allez ! Je vais te montrer la salle de repos.

Flick, Flock et Frizbi dorment tous les trois dans un grand panier sous une lampe à chaleur. Les poches à perfusion sont accrochées au-dessus.

— C'est ici qu'on installe les animaux qui sont très malades, ou qui viennent d'être opérés. Viens, je dois t'expliquer comment on nettoie les cages. Ma grand-mère est une vraie maniaque ! Elle veut que la clinique soit impeccable.

J'ouvre la première cage : il faut d'abord retirer le papier qui recouvre le fond, ensuite tout laver et désinfecter et, enfin, mettre du papier propre.

Isabelle apprend vite. Elle finit de nettoyer sa cage en même temps que moi, et ça ne me plaît pas du tout… Qui sait quel autre boulot elle va encore me piquer !

— Je m'occupe du reste, me dit-elle. Commence tes devoirs.

Non, décidément, ça ne me plaît pas du tout !

— Tu es sûre ? Je pourrais...

— Va travailler ! Je n'ai pas envie que Doc' Mac soit en colère contre moi dès le premier jour.

Je soupire :

— Ça va, je m'y mets !

J'ouvre lentement mon sac à dos et m'écroule par terre, mon livre d'éducation civique à la main.

— J'ai un contrôle demain sur « Les pouvoirs de la République ». Pfff... Je suis censée retenir des noms super longs comme *législation* et *constitutionnelle.*

— Je l'ai eu la semaine dernière, dit Isabelle en frottant une des cages. Il est facile. Révise bien les différentes étapes de la création d'une loi, ça va te servir !

— Super...

Les lois commencent par des idées. Projets de lois... Sénat... Bla, bla, bla... Chaque phrase contient au moins un mot que je ne comprends pas ! En plus, les définitions dans le dictionnaire sont pleines de trucs incompréhensibles.

Je lis très doucement, pour retenir un maximum d'informations, et mes paupières commencent à se fermer... Bon ! Il est temps de faire une pause.

D'un coup sec, je referme le livre et le repousse le plus loin possible.

— Isabelle, tu es sûre de n'avoir jamais fait ça avant ?

— J'ai lavé la cage de mon corbeau quand il était malade.

— Qu'est-ce qu'il avait ?

Isabelle jette un coup d'œil sur mon livre.

— Tu ne peux pas avoir fini, tu as révisé à peine deux minutes !

— Je connais déjà tout ça. J'ai vu un documentaire dessus... Attends, tu n'as pas bien nettoyé, là ! Si tu ne désinfectes pas correctement, les bactéries vont rester, et d'autres animaux pourraient tomber malades. Tu imagines si ça contamine un patient qui vient d'être opéré ?

Je me relève d'un bond :

— Je vais te montrer.

— Tu m'as déjà montré ! réplique-t-elle. Je ne veux pas que ta grand-mère te surprenne en train de faire tout le travail.

Elle lève la bouteille de nettoyant si haut au dessus de sa tête que je ne peux pas l'attraper.

— Donne-la-moi !

— Non !

Je fixe Isabelle en fronçant les sourcils. Elle a l'air aussi têtue que moi ! Tant pis, j'abandonne...

— Raconte-moi comment tu as eu Poe !

— Bon, d'accord, dit-elle avec un petit sourire. J'étais dans des champs, pas loin d'ici, quand j'ai entendu un coup de feu. Le corbeau est tombé juste à côté de moi.

— On lui a tiré dessus ! Qui a fait ça ?

— Des garçons à peine plus vieux que nous. Ils avaient une carabine à plomb. J'ai pris l'oiseau dans mes bras, et mon père nous a conduits ici. Je pensais qu'il pourrait voler de nouveau, mais malheureusement son aile est fichue. Depuis ce jour, il fait partie de la famille.

— Tes parents ont bien voulu que tu le gardes ?

— Ce sont eux qui me l'ont proposé ! Ils sont plutôt cool... Voilà, j'ai fini, déclare-t-elle en fermant la porte de la dernière cage. Qu'est-ce qu'on fait maintenant ?

— On va voir les chiots.

Flock paraît toujours oppressé. Je compte le nombre de respirations par minute : une... deux... trois... Tout va bien, le rythme est le même qu'avant.

— Je peux les caresser ? chuchote Isabelle.

— Pas encore. Il ne faut pas les déranger quand ils sont sous perfusion. Tu as vu comme le liquide s'écoule ?

Je lui montre du doigt les gouttelettes de solution qui tombent une par une dans le cathéter de Flick.

— C'est bon signe ? demande Isabelle.

— Oui, ça veut dire qu'il a de moins en moins besoin de la solution. Il est réhydraté.

— Comment tu sais tout ça ?

— C'est ma grand-mère qui me l'a appris. J'ai toujours vécu ici.

— Avec Doc' Mac ?

— Oui ! Mes parents sont morts dans un accident de voiture quand j'étais bébé.

— Oh, je suis désolée...

— Ne t'en fais pas... Ma grand-mère fait deux super parents à elle toute seule ! Et une grand-mère géniale en plus. Je n'ai jamais eu d'autre maison...

Isabelle se penche d'un coup sur Flock :

— Sophie, il tremble !

Je pose la main sur le dos du chiot.

— Ça, c'est mauvais signe, par contre. On doit vite le réchauffer, sinon il n'aura plus d'énergie pour combattre son infection.

Je sors une petite couverture du placard et borde délicatement le chien.

— Voilà, ça devrait aller maintenant.

À cet instant, grand-mère entre dans la pièce, le visage sévère et concentré.

Isabelle se relève d'un bond.

— Doc' Mac ! Sophie me montrait comment fonctionne une perfusion. Les cages sont toutes propres !

— C'est bien, c'est bien... Si seulement j'avais plus de gens comme Sophie et toi pour m'aider...

— Que se passe-t-il grand-mère ?

— On nous amène une portée de chiots malades. Ils semblent souffrir de malnutrition, et ils ont sans doute des vers.

— Toute une portée ! Est-ce que Gabriel va venir nous aider ?

— Non, il est parti vacciner les chèvres de M. Morcino. On va devoir trouver une solution, je ne peux pas m'occuper de sept chiots toute seule...

Grand-mère empoigne le téléphone et tourne à toute vitesse les pages de son répertoire en disant :

— Allez vous laver les mains. Je vais avoir besoin de vous...

Chapitre cinq

Au bout de quelques minutes, grand-mère raccroche en soupirant :

— Mauvaise nouvelle ! Gabriel doit gérer une urgence chez M. Morcino, et il ne passera pas avant la fin de l'après-midi.

— Et si on demandait à d'autres bénévoles de venir nous aider ? suggère Isabelle.

— Bonne idée. Je vais appeler David Brack. Ça fait des mois qu'il me tanne pour travailler à la clinique. Il est temps de lui donner sa chance.

— Oh non, pitié ! dis-je en gémissant. Pas David… Il est trop maladroit, et il n'arrête pas de faire l'imbécile !

— Il est motivé, Sophie. Et il habite juste en face de chez nous.

Deux minutes plus tard, David est là ; c'est à croire qu'il était assis à côté de son téléphone et qu'il attendait le coup de fil ! Il porte son éternel jean usé, un sweat-shirt à capuche et une paire de baskets avec les lacets défaits.

— Quoi de neuf, docteur ? Vous avez enfin compris que vous ne pouviez pas vivre sans David Brack ? Ou c'est Sophie qui m'a réclamé ?

Je serre les poings et lui lance un regard noir.

— Heu... Peut-être pas ! lâche-t-il en reculant.

— Je te présente Isabelle Rémy, dit grand-mère. Elle est venue nous aider, elle aussi.

— On se connaît, on est dans la même classe ! soupire Isabelle. Il a failli mettre le feu à la salle de chimie l'autre jour.

— Oh, ça va, c'était juste une petite explosion, se défend David.

— Et le microscope que tu as cassé, tu vas devoir le rembourser, finalement ? poursuit Isabelle.

— Tu as cassé un microscope ?

En fait, ça ne m'étonne même pas ! David ne peut pas faire dix mètres sans provoquer une catastrophe. Ma grand-mère est folle de l'avoir appelé !

— Allez, les enfants, assez bavardé ! Enfilez ça, dit-elle en nous donnant à chacun une blouse blanche.

— Trop cool ! s'exclame David. De vraies tenues de docteur !

— David, va te laver les mains. Frotte bien sous les ongles. Et n'oublie pas d'utiliser du savon !

Soudain, la clochette de l'entrée retentit, et tout le monde se retourne vers la porte. Mais ce n'est pas notre cliente : c'est Clara Patel, une des filles les plus timides du collège. Elle a de longs cheveux noirs, de grands yeux marron et s'habille toujours de manière très classique, comme aujourd'hui : mocassins, pantalon kaki et pull à col roulé violet. Cette couleur met en valeur sa belle peau mate, qu'elle a héritée de ses parents.

M. et Mme Patel viennent d'Inde. Ils sont médecins eux aussi. Enfin, médecins pour les humains.

— Bonjour, docteur Macore, dit-elle avec un sourire gêné. Je suis désolée de vous déranger, je passe juste vous rendre les livres que je vous ai empruntés. Merci beaucoup. À bientôt.

Elle pose les livres sur le comptoir et s'apprête à partir, quand ma grand-mère la retient.

— Attends, Clara ! Je cherche des volontaires pour m'aider, tu veux bien te joindre à nous ?

Et elle lui résume en quelques mots la situation.

— Heu... Je ne sais pas..., répond Clara.

— Allez, reste, ça va être marrant ! Et en plus tu pourras porter un de ces trucs ! s'exclame David en secouant sa blouse.

— Ce n'est pas censé être marrant ! réplique Isabelle.

— S'il te plaît, Clara... Ma grand-mère a vraiment besoin de toi.

Clara hoche la tête et sourit :

— Bon, d'accord, mais je dois être rentrée pour le dîner. Qu'est-ce qu'il faut que je fasse ?

— Écoutez-moi bien, lance grand-mère.

On s'assied autour d'elle, les oreilles grandes ouvertes.

— Sept chiots vont arriver d'une minute à l'autre, comme je ne pourrai pas les soigner tous à la fois, je commencerai par les cas les plus graves. Pendant ce temps, vous surveillerez les autres. Si vous remarquez des signes inquiétants – respiration irrégulière, tremblements, agitation –, prévenez-moi aussitôt. Vous êtes prêts ?

David a l'air très sérieux pour une fois. Clara semble angoissée et Isabelle se mord les lèvres.

Moi, je n'ai pas peur. Je suis faite pour sauver les animaux!

Nous acquiesçons tous les trois.

Et soudain…

— Les voilà! s'exclame Isabelle.

Chapitre six

Une femme entre dans la clinique, une cage pour chien dans chaque main. Ma grand-mère la conduit dans la salle d'examen et soulève les couvercles. À l'intérieur sont allongés six chiots de la race des colleys et un bâtard.

— Ils sont déshydratés, eux aussi, déclare-t-elle. Nous allons commencer par leur préparer des lits chauffants. Sophie, tu sais faire, tu t'en occupes. Isabelle, file chercher le chariot avec les bouteilles d'O_2.

— Sophie, me chuchote Isabelle, c'est quoi l'O_2 ?

— L'oxygène. Je vais te montrer.

Je fais rouler le chariot jusqu'à la table d'examen. Puis je sors des masques et les relie aux bouteilles d'oxygène avec un tube.

— Il faut prendre de tout petits masques. Tu vois, c'est facile.

— Parle pour toi ! bougonne Isabelle.

Je me tourne ensuite vers David et Clara.

— Venez m'aider à préparer les lits.

On remplit les gants de chirurgie d'eau chaude, puis on les ferme en faisant un nœud. Ensuite, on les aligne sur la table d'examen et on les recouvre d'une couverture. Et voilà ! Nous avons sept petits lits douillets pour nos patients.

— On est prêts !

— Parfait, dit ma grand-mère. Je vais les sortir un à un, les examiner rapidement et les passer à Sophie, qui vous en confiera deux chacun. Surveillez-les bien. C'est parti !

Elle sort le plus gros et me le donne tout de suite. Il n'arrête pas de trembler, comme Flock tout à l'heure. Je le remets à Isabelle, qui le dépose sur le premier lit.

— Et de deux, annonce ma grand-mère.

C'est le petit bâtard. Je le confie à David et je file chercher le suivant.

La cliente nous raconte leur histoire.

— Je les ai trouvés hier au marché. Ils étaient entassés dans une cage dégoûtante. Ils n'avaient pas d'eau, pas de nourriture et, comme ils gémissaient, le vendeur leur criait dessus et tapait sur les barreaux pour les faire taire. Quand je l'ai menacé de le dénoncer à la SPA, il a attrapé la cage, et il s'est sauvé.

C'est le même type qui a vendu Flick, Flock et Frizbi, j'en suis sûre !

— Comment avez-vous récupéré les chiots, alors ? demande Clara.

— Je l'ai talonné jusqu'à son camion, et je lui ai donné tout l'argent que j'avais sur moi. Je ne pouvais pas laisser ces pauvres bêtes avec lui !

— Bravo ! s'exclame Isabelle.

— Vous allez tous les garder ? veut savoir David.

— Non, je ne peux pas. Je pensais leur donner un bon bain, et me mettre à leur chercher une maison. Mais ça, c'était avant qu'ils commencent à trembler et à avoir la diarrhée…

Ma grand-mère me passe le dernier malade, puis s'avance vers les chiots de Clara.

— Voilà celui dont il faut s'occuper d'urgence, déclare-t-elle en plaçant son stéthoscope contre la poitrine du plus maigre des deux.

Alors qu'elle écoute les battements de son cœur, nous retenons notre respiration.

— Ses poumons sont congestionnés, annonce-t-elle.

Elle presse son doigt sur l'une des pattes arrière du chiot.

— Le pouls est faible. Son cœur ne résistera pas longtemps ! Sophie, prends sa température.

David se décale pour surveiller mon chiot, en plus des siens. Je soulève délicatement la queue du petit colley et insère le thermomètre. Il est si abattu qu'il ne réagit pas. Pendant ce temps, ma grand-mère examine sa gueule.

— Il est anémique. Regardez comme ses gencives sont blanches ! Elles devraient être roses.

Elle palpe le corps du chiot en quête d'indices.

Au bout de quelques instants, je retire le thermomètre et annonce :

— Quarante et un.

— Il a bien de la fièvre, dit ma grand-mère.

— Quarante et un ! s'affole Isabelle. Il va mourir !

Je lui explique que la température normale d'un chien se situe entre 38,5 °C et 39 °C.

— Alors, quarante et un, c'est beaucoup, mais pas catastrophique.

Isabelle caresse tendrement ses chiots :

— Peut-être que les miens ont de la fièvre aussi ! Comment le savoir ?

— Il paraît que, si un chien a la truffe sèche, ça veut dire qu'il a de la fièvre, déclare David.

— Ça, c'est une légende ! intervient ma grand-mère. Le seul moyen de connaître la température d'un chien, c'est d'utiliser un thermomètre. Sophie, on va le mettre sous perfusion.

Je saisis vite une poche de solution de Ringer et l'accroche sur un portant.

— Il est très déshydraté, ça peut être dangereux. Cette solution va remplacer l'eau qu'il a perdue à cause de la diarrhée.

Ma grand-mère me demande ensuite de lui apporter une seringue. Elle la remplit d'antibiotique et injecte le médicament dans la patte avant du chiot.

— Au suivant !

Pendant que ma grand-mère examine le bâtard confié à David, je repense au vendeur du marché. Comment peut-on traiter des chiots comme ça ? Je parie que leur mère est malade, elle aussi. Ce qui m'intrigue, c'est qu'ils ne sont pas de la même race : il y a les labradors de ce matin, les colleys et le bâtard. Ils n'appartiennent donc pas à la même portée.

C'est alors qu'une idée terrible me traverse l'esprit... Il faut que j'en parle tout de suite !

— Tu crois qu'ils viennent d'une usine à chiots ?

— C'est quoi, une « usine à chiots » ? demande David.

— C'est un endroit où l'on élève les chiens dans des conditions d'hygiène désastreuses, explique ma grand-mère tout en faisant une prise de sang au bâtard. Ce procédé est illégal et immoral. Les propriétaires dépensent très peu d'argent pour les animaux, et réalisent un maximum de profit à la vente. C'est scandaleux !

Je sens la colère monter en moi. Il faut faire quelque chose !

Isabelle semble tout aussi révoltée.

— Nous devons retrouver ce type et sauver les autres chiots ! s'écrie-t-elle.

— Si seulement j'avais le temps... ! soupire grand-mère. Je vais prévenir les associations de protection des animaux. Elles n'arrêteront pas cet homme, mais elles découvriront peut-être d'autres chiots.

À cet instant, David s'affale contre le chariot et fait tomber les instruments par terre. Il s'est penché si fort pour voir ce que faisait ma grand-mère qu'il a perdu l'équilibre. Quand je vous disais qu'il était maladroit… Les chiots se mettent à gémir, et tout le monde le regarde d'un œil sévère.

— Oups… Désolé, fait-il en haussant les épaules.

Super ! Maintenant il faut que je stérilise tout de nouveau…

— Sophie, tu peux venir voir mes chiots ? demande Isabelle d'un air inquiet.

— Pas de panique, dis-je pour la rassurer. Regarde : leur poitrine se soulève à un rythme régulier, et ils ont assez chaud. Tu te débrouilles très bien.

Clara est devenue très pâle.

— Oh non…, balbutie-t-elle.

— Ne t'évanouis pas, lance Isabelle, on est tous occupés, personne ne pourra te rattraper !

— Je ne vais pas m'évanouir, mais un de mes chiots a la diarrhée, et il y a beaucoup de sang dedans…

J'attrape un rouleau de papier et l'aide à nettoyer son colley.

— Berk ! grimace David. Les miens n'ont pas intérêt à me faire ça… Hein, les gars ? ajoute-t-il en se penchant vers ses chiots.

— Sophie, il me faudra des échantillons de selles, m'annonce grand-mère.

Ça tombe bien, je n'ai pas encore jeté le papier

que je viens d'utiliser; grand-mère pourra observer les excréments au microscope et découvrir quel virus a contaminé ses patients.

En attendant, ils doivent rester en vie! Clara, Isabelle et David guettent les moindres signes d'alerte. Quant à moi, je passe de l'un à l'autre, prélevant des selles par-ci, prenant la température par-là. Debout dans un coin de la pièce, la cliente nous regarde faire. Soudain…

— Doc' Mac! s'écrie Isabelle.

Un des colleys est pris de violents tremblements! Grand-mère s'empare du stéthoscope, écoute son cœur…

— Vite, Sophie, le masque à oxygène!

Je cours en chercher un mais, à mon retour, le chiot ne bouge plus. Ma grand-mère tâte sa patte arrière à la recherche du pouls, puis ferme les yeux.

Il est mort.

— Je suis désolée, dit-elle. On ne pouvait plus rien pour lui. L'infection était trop forte.

Clara et David baissent la tête. Isabelle prend une profonde inspiration. Je sens des larmes sous mes paupières. Pauvre chiot! Il n'a pas eu une vie bien longue. Et dire qu'il y a encore d'autres prisonniers dans cette animalerie…

Non, je ne dois pas y penser pour l'instant. Ma grand-mère a besoin de moi.

— Puis-je le ramener pour l'enterrer ? demande la cliente.

Grand-mère hoche la tête, enveloppe le chiot dans une serviette et le remet à sa propriétaire.

— Écoutez-moi tous, dit-elle en se tournant vers nous. Je sais que c'est difficile quand un patient meurt. Si vous voulez rentrer chez vous maintenant, je comprendrai très bien.

— Pas question ! répond Isabelle. Je suis ici pour vous aider.

— Moi aussi, enchaîne David. Ces p'tits gars comptent sur moi ! Les chiots, je veux dire, pas vous, les gars... enfin les filles... Enfin, vous voyez, quoi !

Soudain, Clara pousse un cri. Penchée sur son colley, elle tâte délicatement son dos.

— Doc' Mac, il ne respire presque plus !

Grand-mère pose le masque à oxygène sur le petit museau et écoute avec son stéthoscope. Pas de pouls. Elle se met à appuyer sur la poitrine du chiot à un rythme régulier.

— Allez, allez ! murmure-t-elle. Tu peux y arriver...

Au bout de quelques secondes, les flancs du colley se remettent à bouger.

— C'est bien ! Tout doucement..., dit ma grand-mère.

Ouf ! Il va s'en sortir...

On emmène nos patients dans la salle de repos. Ils sont installés dans une cage à oxygène conçue pour les aider à respirer. Pendant quelques minutes, on reste plantés là, les yeux rivés sur eux, fiers de leur avoir sauvé la vie. Désormais, nous sommes liés à ces chiots, pour toujours.

Le bruit de la porte d'entrée nous fait sursauter. Quelqu'un sifflote.

— Voilà le docteur Gabriel, l'associé de ma grand-mère, dis-je à mes copains.

— Il va prendre le relais, déclare grand-mère. Les enfants, vous êtes libres. Nos petits patients vont se reposer maintenant.

J'attends qu'elle remercie Isabelle, Clara et David et leur demande de rentrer chez eux. Au lieu de ça, elle ajoute :

— Sophie, conduis nos apprentis-vétérinaires à la cuisine. Ils ont mérité un bon goûter !

Chapitre sept

— Waouh ! s'exclame Isabelle en entrant dans la cuisine. C'est super, ici !

Elle a bien raison. Ma grand-mère a fait abattre une cloison pour créer cette grande pièce où il y a une cheminée et un canapé confortable. Une porte vitrée donne sur la cour. C'est mon endroit préféré de la maison.

À peine entré, David s'étend sur le canapé et déclare d'un ton princier :

— Vous pouvez m'apporter mes raisins, esclaves !

Isabelle lui jette un coussin au visage, et une bataille s'engage entre eux.

— Tu veux que je t'aide ? me demande Clara.

J'inspecte rapidement les placards.

— Ce n'est pas la peine... Il n'y a pas grand-chose à manger, à part des biscuits pour chien.

— Tu dois bien avoir un truc qui traîne ! dit David tout en esquivant une attaque d'Isabelle.

— Il y a des croquettes, des médicaments pour chat... Oh, là là ! Il est grand temps qu'on aille faire des courses !

— Il y a des gens qui aiment bien les biscuits pour chien, déclare Clara.

La bataille de coussins s'arrête net et tous les regards se tournent vers elle.

— Enfin, pas moi ! précise-t-elle en rougissant. Je l'ai lu dans un magazine. C'est vrai...

— Je te crois ! dis-je avant de fouiller le dernier placard. Ah ! Voilà une boîte de cookies !

— Parfait ! s'exclame David en se jetant dessus...

Je siffle un coup, et Sherlock arrive en trottinant dans la cuisine.

— En voilà un qui a l'air en forme ! lance Clara.

— Sherlock n'est jamais malade. C'est un peu notre mascotte. On a un chat aussi, qui s'appelle Socrate. Attendez de le voir ! Il se prend pour le maître du monde.

— Ça doit être génial, d'être toujours entouré d'animaux, soupire Clara.

— Oui, j'ai beaucoup de chance.

David hoche la tête.

— Moi aussi, ça me plairait. On peut leur faire confiance.

— Et ils nous font confiance eux aussi, enchaîne Clara.

— J'adore regarder ma grand-mère les soigner et expliquer aux propriétaires comment s'occuper d'eux.

— Il doit aussi y avoir des mauvais côtés, remarque Isabelle.

— Oui, quand les animaux sont maltraités. Quand ils meurent aussi, bien sûr... C'est très triste. Mais ça vaut le coup ! Je compte bien devenir vétérinaire, un jour.

— Alors, tu as intérêt à mieux travailler au collège, dit Isabelle.

— On est obligés de parler de ça pendant le goûter ?

— Tu as des problèmes à l'école ? me demande Clara.

— Surtout avec les devoirs, répond Isabelle à ma place. C'est pour ça que Doc' Mac m'a engagée : elle veut que Sophie passe moins de temps à l'aider, et plus à travailler.

Je lui jette un regard noir.

— Enfin... jusqu'à ce qu'elle ait de bonnes notes, s'empresse-t-elle d'ajouter.

— J'aimerais tant pouvoir venir ici tous les jours..., soupire de nouveau Clara.

Soudain, David se frappe le front.

— Eurêka ! s'écrie-t-il. Je suis un dieu.

— C'est ça...

Isabelle et Clara s'esclaffent.

— Écoutez, poursuit David. J'ai une idée géniale ! Et si on travaillait ici en tant que bénévoles après les cours et le week-end ?

— Oh oui ! s'exclame Clara.

« Oh non... »

— On ferait une super équipe ! s'enflamme Isabelle. Sophie connaît plein de choses sur les animaux, Clara est douce et intelligente, moi, je n'ai pas peur de me salir, et David... Heu... David...

David lui tire la langue.

— Il nous ferait rigoler de temps en temps ! reprend Isabelle. En plus, il aime les animaux.

« C'est vrai qu'ils se sont bien débrouillés aujourd'hui... Ce n'est pourtant pas une raison pour que je les aie sur le dos tous les jours ! » me dis-je.

— Maintenant, il nous faut un plan pour convaincre Doc' Mac qu'elle ne peut pas se passer de nous ! conclut Isabelle.

— Pour quoi faire ? dit David. Elle nous adore !

Isabelle et Clara échangent un regard complice et éclatent de rire.

— Tu es toujours aussi optimiste ? demande Clara.

— Tu veux dire irréaliste ! rectifie Isabelle.

— Il faut être positif, les filles ! Moi, quand je demande quelque chose à ma mère, je me dis toujours qu'elle va accepter.

— Et ça marche ?

— Heu… pas vraiment, admet-il. Mais je ne perds pas espoir ! Doc' Mac est une femme intelligente, elle ne va pas refuser un coup de main. Je vois un bel avenir pour nous, les filles !

Pas moi… Je vois surtout les ennuis.

Je me lève d'un bond et fais semblant de farfouiller dans un placard pour cacher ma tête d'enterrement. Pourvu que ma grand-mère dise non ! On n'a pas besoin d'aide tous les jours ! Elle peut compter sur moi. Je ne suis pas encore une vraie vétérinaire, mais je sais faire plein de choses. C'est MON travail, de l'assister, et celui de personne d'autre.

Clara se tourne vers moi :

— Qu'est-ce que tu en penses, Sophie ?

— C'est-à-dire…

Je suis sauvée par la sonnerie du téléphone.

— Je reviens tout de suite... Allô?

— Sophie? C'est ta tante Rose.

Rose est la sœur de mon père. Elle est actrice, spécialisée dans des séries télévisées, et vit à New York avec ma cousine Zoé. Grand-mère et elle ne s'entendent pas très bien...

— Comment vas-tu? poursuit-elle d'une voix mielleuse, comme dans les publicités pour le shampoing.

— Bien.

Enfin, ce n'est peut-être pas le mot, mais bon...

— Et toi?

— Merveilleusement bien! répond Rose. On m'a offert le rôle principal dans une nouvelle série. Je pars pour Los Angeles demain.

J'entends Isabelle parler aux autres, puis je les vois se précipiter vers la clinique.

— Il faut que j'abrège! Félicitations. Tu veux que je te passe grand-mère?

— Oui, merci.

Intriguée, j'appuie sur un bouton pour transférer l'appel.

C'est bizarre que tante Rose veuille parler à ma grand-mère... J'ai comme un mauvais pressentiment.

Chapitre huit

Dans la cuisine, seul Sherlock m'a attendue.

— Je te parie qu'ils ont foncé proposer leurs services à grand-mère ! Qu'est-ce que je dois faire ? Je ne peux quand même pas les mettre dehors !

Sherlock n'a pas l'air de s'inquiéter pour moi : il est bien trop occupé à grignoter les miettes de cookies tombées par terre.

Soudain, j'entends un gros « boum ! » dans la pièce à côté. Voilà, David a encore frappé ! Je me précipite dans la salle d'attente : la plante de l'entrée est renversée, et toute la terre répandue sur le sol.

— C'est ta faute, Isabelle ! s'écrie David. C'est à toi de nettoyer.

— Quoi ? s'étrangle Isabelle. C'est toi qui as

voulu faire la danseuse ! Je ne ramasserai rien du tout.

Clara m'explique ce qui se passe :

— Je leur ai dit que je prenais des cours de danse, et David a tenu à nous montrer ses talents de ballerine. Bien sûr, il s'est payé la plante...

— Ça aurait pu être pire ! Et si j'avais cassé la fenêtre ? se défend David.

— Tu dois quand même nettoyer maintenant, insiste Isabelle.

— Dans tes rêves ! Tu étais en plein milieu.

— Décidez-vous, intervient Clara, un client arrive !

Vite, David relève la plante, Isabelle glisse le pot sous une chaise pendant que je ramasse le gros de la terre avec les mains.

Juste à temps ! Mme Claper pousse la porte, un panier à la main.

— Bonjour, madame Claper ! dis-je d'un air enjoué. Comment va Ling Ling aujourd'hui ?

Une petite tête marron clair sort du panier, et Clara fond sur place.

— Oh, un siamois ! C'est mon chat préféré ! s'exclame-t-elle en caressant Ling Ling.

« Miaou, miaou, miaou », fait celle-ci. Les siamois sont les chats les plus bavards que je connaisse !

— Je vais prévenir ma grand-mère que vous êtes

là. Clara, tu veux bien accompagner Mme Claper et Ling Ling dans la salle Herriot? C'est celle de droite.

— Bien sûr! répond-elle avec un grand sourire, ravie de pouvoir passer un peu de temps avec le siamois.

Ma grand-mère est toujours au téléphone avec tante Rose. Je lui fais signe que sa cliente est arrivée avant de retrouver David et Isabelle dans la salle d'attente.

— Si tu nous faisais visiter la clinique? propose David. Tu peux me demander ce que tu veux en échange! ajoute-t-il avec un clin d'œil.

— Une visite?

Et puis quoi encore!

— Pourquoi pas? Tout est allé si vite avec les chiots qu'on n'a pas eu le temps de voir les coulisses.

— Avant, tu as intérêt à nettoyer tout ça, dit Isabelle en désignant la plante du doigt.

Sans se faire prier, David remet en place la plante et ramasse le reste de terre.

— Tu es contente?

— Très! répond Isabelle. Sophie, on peut visiter maintenant?

Je cède à contrecœur.

— Bon, d'accord, mais juste un petit tour alors, et pas de pirouettes ! Vous connaissez déjà la salle d'attente. À droite, il y a la salle d'examen Herriot et à gauche, la salle d'examen Doolittle.

— Pourquoi ces noms ? veut savoir Isabelle.

— Ce sont ceux de célèbres vétérinaires. James Herriot n'est qu'un nom de plume. En réalité, il s'appelle James Alfred Wright. C'est un vétérinaire anglais, qui est aussi écrivain. Vous connaissez *Pour l'amour des bêtes* ? C'est le livre préféré de ma grand-mère.

Isabelle et David secouent la tête.

— Tant pis. Prochaine étape : le bureau de la secrétaire.

Je soulève le comptoir de l'accueil.

— Il devrait y avoir un ordinateur quelque part dans ce bazar... On a du mal à trouver une personne qui aime les animaux. Elles finissent toutes par démissionner au bout de quelques jours.

— Je sais ! dit David. J'en ai vu une partir en courant quand j'étais dans mon jardin. De quoi elle avait eu peur ?

— D'une mouffette. Dès qu'elle l'a vue, elle s'est sauvée, et elle n'est plus revenue. Allez, on continue.

Le couloir derrière le bureau mène à la section hospitalière. J'ouvre une première porte.

— Voici la salle d'opération. Tout l'équipement est neuf… Non, David, ne touche à rien !

David hausse les épaules d'un air offusqué. Nous passons à la salle de repos.

— Bonjour, docteur Gabriel ! Comment vont les chiots ?

— Très bien. Ils dorment à poings fermés. Doc' Mac m'a raconté comment vous aviez tous été formidables !

— Surtout elle et Sophie ! précise Isabelle. Nous, on n'a fait qu'obéir aux ordres.

— C'est déjà beaucoup.

— Je leur fais visiter la clinique, dis-je au docteur Gabriel avant de me retourner vers Isabelle et David. C'est ici que les patients récupèrent après une opération ou une maladie. Il peut y avoir toutes sortes d'animaux dans ces cages : des lapins, des furets, des chiens…

— Des vaches, plaisante Gabriel.

— Ne l'écoutez pas, c'est n'importe quoi ! D'ailleurs, cette créature qu'on appelle le docteur Gabriel Forlani est un spécimen unique de la race des vétérinaires… Il aboie au lieu de parler !

Gabriel se met aussitôt à aboyer.

— N'ayez pas peur. Il a l'air un peu sauvage, mais il ne mord pas !

Isabelle est toute rouge et n'arrête pas de glousser.

Il faut dire que Gabriel est plutôt mignon... mais beaucoup trop vieux pour nous. Il a au moins vingt-huit ans ! Ça fait des années qu'il travaille ici. Il a commencé comme bénévole, quand il était au lycée, et après ses études de vétérinaire il est revenu pour s'associer avec ma grand-mère.

Je décide de continuer la visite avant qu'Isabelle ne tombe sous le charme de ses beaux yeux bleus.

— À plus, Gabriel ! Prends bien soin de nos chiots.

— Ouaf ! Ouaf ! répond-il.

À présent, nous entrons dans le laboratoire.

— C'est ici qu'on analyse les échantillons d'urine, de sang et de selles.

— Un conseil, souffle Isabelle. Ne laisse pas David s'approcher des microscopes.

— Alors là, pas question ! À côté, il y a la salle des radios, et juste derrière, c'est le salon de beauté ! Ma grand-mère voudrait engager un toiletteur, mais elle n'a pas le temps de s'en occuper.

— Je ne pensais pas que sa clinique était aussi grande, dit Isabelle. On ne s'en rend pas compte, de l'extérieur.

— C'est comme un petit hôpital, avec son labo, sa laverie, sa salle de radios...

— C’est ça, me coupe David. Et pourquoi pas une cafétéria, pendant que tu y es ?

— Figure-toi qu’on en a une. Les animaux ont besoin de nourriture différente selon leur maladie. Vous avez devant vous leur serveuse préférée !

— Et qu’est-ce que vous proposez aux chats pour le dessert, madame ? De la tarte aux souris ? s’esclaffe David.

C’est idiot, mais je ne peux pas m’empêcher de rire, et Isabelle non plus.

— Ma grand-mère a tous les équipements dernier cri, dis-je d’un ton plus sérieux. Elle veut offrir à ses patients ce qu’il y a de mieux.

— Ça a dû lui coûter une fortune ! s’exclame David.

— Elle gagne un peu d’argent en dehors de la clinique : elle écrit des articles sur les animaux, et a déjà publié plusieurs livres. Il y a quelques années, elle a aussi inventé des instruments de chirurgie. Allez, venez, on continue.

J’ouvre une dernière porte, qui conduit au chenil.

— Les animaux en bonne santé sont gardés ici. Ma grand-mère les tient à l’écart des malades pour qu’ils ne soient pas contaminés.

Milli se met aussitôt à aboyer ; elle veut attirer mon attention.

— Salut, Milli !

Je tends la main et caresse la tête de mon élève.

— Nous avons de la place pour dix chiens. Chacun a son enclos, où il peut jouer et courir. Il n'y a pas beaucoup de chiens en ce moment, mais vous devriez voir en été !

Voilà, je vous ai tout montré. La visite est terminée.

— Comment ça : terminée ? proteste David. Et ces portes, là-bas ?

— Oui, on veut tout voir, insiste Isabelle.

Je pousse un long soupir :

— Bon, suivez-moi…

Je les ramène dans le hall principal devant une des « mystérieuses » portes…

— C'est la réserve. Ouvrez-la si vous voulez, mais vous risquez de vous prendre une avalanche de stylos ! C'est le fouillis total là-dedans… À côté, ma chambre est un modèle d'ordre.

— Et là, c'est quoi ?

David passe devant moi.

— C'est le bureau de ma grand-mère. Et la grosse bestiole que vous voyez sur le bureau, c'est Socrate.

— Waouh ! fait Isabelle. Il est magnifique !

Socrate cligne des yeux d'un air satisfait. Il adore qu'on l'admire !

— C'est le roi de la maison. Il croit qu'on est ses animaux de compagnie, ou ses esclaves !

— À t'entendre, c'est un snob, commente Isabelle.

— Il n'est pas du genre à faire des câlins, en tout cas. Et s'il a décidé de monter la garde dans le bureau de ma grand-mère, on n'a pas intérêt à y entrer. Venez, on retourne à l'accueil.

La consultation de Ling Ling est finie. On l'entend miauler alors que sa maîtresse la transporte à la voiture. Pendant ce temps, ma grand-mère et Clara discutent sur le perron.

— Bravo, Clara ! Tu as fait du bon travail. Ling Ling avait besoin qu'on lui mette des gouttes dans les oreilles, nous explique grand-mère.

Ça n'a pas dû être facile : Ling Ling déteste ça !

— Alors, tu as combien de griffures ?

— Pas une seule ! se réjouit ma grand-mère. Clara a un vrai don avec les chats…

— Bon, j'imagine que vous devez rentrer chez vous maintenant, dis-je.

— Tu as raison ! s'exclame Clara en regardant sa montre. Mes parents seront furieux si je suis en retard pour le dîner. Merci beaucoup, Doc' Mac. C'était la meilleure journée que j'ai passée depuis… depuis longtemps.

— Attends ! fait David. On ne lui a pas demandé pour demain...

— Demandé quoi ? s'étonne ma grand-mère.

— Est-ce qu'on peut revenir, Clara et moi ?

Grand-mère réfléchit quelques secondes.

« Dis non, s'il te plaît. Dis non ! »

— C'est gentil, les enfants, mais ce ne sera pas nécessaire, répond-elle finalement. La crise est passée, et nous avons Isabelle désormais. Je vous remercie pour tout ce que vous avez fait aujourd'hui. Vous m'avez beaucoup aidée.

« Ouf ! Sauvée... »

Cette fois, ils s'en vont tous pour de bon. Isabelle enfile son casque et saute sur son vélo, David rentre chez lui sans se retourner, et Clara me fait un petit signe de la main avant de disparaître au coin de la rue.

Enfin seules ! Je me retourne avec un grand sourire vers ma grand-mère, qui a l'air complètement ailleurs. Bizarre...

— Ça ne va pas ? Tu sais, je vais remonter ma moyenne. C'est promis ! Bientôt, on n'aura plus besoin d'Isabelle.

— Ce n'est pas ça..., lâche ma grand-mère. Ta tante a téléphoné pour dire que sa fille arrivait demain. Zoé va vivre avec nous quelque temps.

— Quoi ! Il ne manquait plus que ça !

Je ne me suis jamais très bien entendue avec Zoé... En plus, je ne l'ai pas revue depuis qu'elle habite à New York : si ça se trouve, elle est encore pire maintenant.

— Elle ne va rester que deux ou trois semaines, continue grand-mère, pendant que Rose s'installe à Los Angeles. Je compte sur toi pour qu'elle se sente comme chez elle, Sophie. Je l'inscrirai à ton collège... On en reparlera tout à l'heure. Tu as bien un contrôle à réviser, non ?

Chapitre neuf

J'ai eu six sur vingt… Pourtant, j'avais révisé toute la soirée, juré-craché ! Mais ça n'a servi à rien…

Je déteste l'éducation civique.

Je déteste les contrôles.

Et je déteste l'école !

Maintenant, il faut que j'annonce la nouvelle à ma grand-mère. Elle va encore croire que je n'ai pas travaillé. Comment lui faire comprendre que j'ai fait de mon mieux ?

Peut-être qu'elle oubliera de me demander comment ça s'est passé…

David s'assied à côté de moi dans le bus, et me pose un tas de questions sur la clinique. Je me tais. J'ai d'autres soucis en tête : ma mauvaise note, l'usine à chiots…

— Si vous avez besoin de moi, vous savez où me trouver ! me dit David avant de rentrer chez lui.

Dans tes rêves !

Dès que je pousse la porte de la clinique, ma grand-mère m'appelle. Elle est dans la salle Doolittle et examine Brigitte, une chienne de la race des yorkshires. Ses oreilles sont pleines de cérumen et de saletés.

— Berk… Elles sont infectées ?

— Je le saurai une fois qu'elles seront nettoyées. Et ce contrôle, alors ? Ça a été ?

C'est pas vrai, elle n'oublie jamais rien !

— Ne m'en parle pas…

— Si mal que ça ?

Je sors ma copie pour qu'elle constate par elle-même. Mon professeur, Mme Griffin, y a mis un mot : elle veut que ma grand-mère la contacte le plus tôt possible.

— Passe-moi le téléphone, ordonne grand-mère d'un ton sec.

— Tu ne vas pas l'appeler maintenant ? Tu dois t'occuper de Brigitte. Et puis, il était trop dur, ce contrôle : il y avait plein de choses qu'on n'avait pas vues en cours…

— Compose le numéro tout de suite ! Et mets le haut-parleur.

Mme Griffin répond dès la première sonnerie. Ma grand-mère se présente et continue de parler tout en nettoyant les oreilles de la chienne. Brigitte, plutôt calme d'habitude, remue dans tous les sens, comme si elle venait d'avaler dix tasses de café.

— Je ne sais pas quoi vous dire, madame Macore, soupire Mme Griffin. Sophie est attentive en classe, mais au moindre contrôle, elle perd tous ses moyens. Je crois qu'elle a besoin de soutien scolaire.

À ce moment, Brigitte secoue la tête et échappe à la vigilance de ma grand-mère.

— Reste tranquille ! lance celle-ci.

— Je vous demande pardon ? souffle Mme Griffin.

J'étouffe un rire et caresse la tête de la chienne pour qu'elle se calme.

— Je m'inquiète beaucoup pour elle, continue le professeur. Si elle ne parvient pas à remonter ses notes, elle devra redoubler.

Grand-mère attrape son otoscope pour examiner à l'intérieur des oreilles de la chienne. Brigitte gémit et se débat.

— Arrête ! s'exclame ma grand-mère.

— Comment voulez-vous que j'arrête ? s'écrie Mme Griffin. Il s'agit de l'avenir d'une de mes élèves !

Dans d'autres circonstances, la situation aurait été très drôle ! Mais comment pourrais-je rire, alors que je risque de redoubler ?

En définitive, elles ont convenu de me donner une « seconde chance ».

Tu parles d'une chance ! Je dois rendre un devoir en plus au prochain cours.

Ma grand-mère a raccroché et terminé sa consultation. Aussi, j'attrape une brosse pour démêler les poils de la chienne…

— Stop !

Elle me la prend des mains. Oh oh ! Les ennuis arrivent…

— Tu es punie, Sophie !

— Mais…

— Tu ne m'aideras plus à la clinique tant que tu n'auras pas rendu ce devoir et remonté toutes tes notes. Et, dorénavant, tu auras un professeur particulier.

— Ce n'est pas juste ! Je les supporte déjà toute la journée à l'école, et tu voudrais aussi que j'en aie un le soir ?

— Est-ce que tu te sens capable d'y arriver toute seule ?

— Oui ! Je vais travailler encore plus. Promis !

Elle pousse un long soupir.

— Bon, pas de cours particuliers pour l'instant mais je veux que tu aies de très bons résultats : pas juste la moyenne, c'est compris ? Et plus question que tu traînes tout le temps à la clinique.

— Tu ne peux pas me faire ça ! Qui va promener les chiens, nourrir les chats, parler aux lapins ? C'est mon travail.

— Plus maintenant. David a eu une bonne idée hier. Je vais l'engager, lui et Clara. Avec Isabelle, on devrait s'en sortir. Et puis, ce sera bien pour Zoé d'avoir des gens de son âge à la maison.

Je pleure, je supplie, je tape du pied... Rien n'y fait. Grand-mère a pris sa décision. Pour couronner le tout, Isabelle arrive en sifflotant comme un canari.

— Je suis là !

— Une minute, Isabelle ! lance ma grand-mère. Sophie, tu vas lui présenter Milli et les autres pensionnaires du chenil. Ensuite tu iras travailler et revoir point par point la correction de ton contrôle.

— Grand-mère, je t'en prie...

— Il n'y a rien à ajouter. La clinique passe

après le travail scolaire. Si tu as des bonnes notes, tu pourras continuer à m'aider. C'est donnant-donnant.

En attendant, j'ai plutôt l'impression d'avoir tout perdu...

Je conduis Isabelle au chenil pour lui montrer le placard où se trouvent les sacs de nourriture.

— Vérifie bien s'ils ont tous de l'eau fraîche. Ensuite, les chiens de la taille de Milli reçoivent deux cuillères et demie de croquettes, et quatre biscuits. Pour les plus gros, comme Dany, tu peux aller jusqu'à six cuillères. Mais ne donne pas plus, sinon ils vont être malades, pas moins, sinon ils vont aboyer toute la nuit.

— Doucement ! dit Isabelle. Tu vas trop vite. Je ne me rappellerai jamais tout ça ! Tu ne peux pas l'écrire sur une feuille ?

— Madame souhaite que je lui fasse un dessin aussi ?

Je claque la porte du placard et m'apprête à sortir, mais Isabelle se plante devant moi, les bras croisés :

— Bon, ça suffit maintenant ! Qu'est-ce qui ne va pas ?

— Rien ne va, si tu veux savoir ! Ma grand-mère m'a interdit de travailler à la clinique jusqu'à ce que je sois l'une des premières de ma classe. Je dois rendre un devoir d'éducation civique, alors que c'est du chinois pour moi. Le propriétaire de l'usine à chiots est toujours en liberté, et ma cousine la superstar va venir vivre avec nous pendant au moins deux semaines !

Isabelle me regarde, les yeux écarquillés.

— C'est vrai que ça fait beaucoup... Pour commencer, travaille dur, et tu pourras revenir à la clinique.

— Tu ne comprends pas ! Même quand je travaille comme une folle, je n'y arrive pas. Je pourrais y passer la journée, ça serait pareil. Je ne suis pas une bonne élève, un point c'est tout. J'aimerais que ma grand-mère l'accepte, et qu'elle me laisse tranquille...

Après, on ne dit plus rien pendant un long moment.

— Je suis désolée de t'avoir mal parlé, finis-je par lâcher. Ce n'est pas ta faute...

J'attrape un morceau de papier et note les quantités exactes de nourriture pour chaque chien.

— Tiens... Tu peux t'en occuper maintenant.

Isabelle prend la feuille et me remercie.

À cet instant, David et Clara entrent dans la pièce, suivis de ma grand-mère. Elle leur a donné à chacun une liste de choses à faire : David doit nettoyer le chenil pendant que Clara apprendra à stériliser les instruments de chirurgie.

— Au travail, tout le monde ! chantonne grand-mère. Quant à toi, Sophie, tu retournes à la maison.

Je suis bannie de ma propre clinique... C'est un comble !

Mon bureau est tellement en désordre que je préfère m'installer dans la cuisine. Je dispose mes affaires sur la table ; puis pendant deux heures je fais tout sauf travailler.

J'allume la télé : rien d'intéressant.

J'essaie de jouer avec Sherlock : il s'endort !

Je m'allonge sur le canapé pour faire la sieste : le souvenir de l'usine à chiots m'empêche de dormir.

Quand je décide enfin de m'y mettre, on sonne à la porte. J'ouvre et tombe nez à nez avec une fille aux cheveux longs, blond-roux.

— Salut, Sophie. C'est moi, Zoé !

Chapitre dix

Ce soir, c'est lasagnes surgelées pour le dîner. Grand-mère et moi avons l'habitude de manger des plats tout prêts. Zoé n'a pas l'air très emballée. Elle réduit les pâtes en bouillie et les avale d'un coup, sans mâcher. Ça ne l'empêche pas de nous parler avec entrain de sa « merveilleuse » vie à New York.

— J'étais dans une école privée, raconte-t-elle, et on devait porter des uniformes atroces ! Par contre, les voyages scolaires étaient vraiment cool. On est même allés en Suisse pour skier !

Je lève les yeux au ciel. Une école qui amène ses élèves en Suisse pour faire du ski doit être remplie de snobs ! Ma grand-mère, qui a dû deviner ce que je pensais, secoue la tête pour me dire de me taire.

— Ce que j'aime le plus, poursuit Zoé, c'est aller voir maman sur un tournage. Tout le monde me connaît là-bas. J'ai plein d'autographes de stars !

Je commence à en avoir marre, des lumières de Hollywood. Je tente de faire diversion :

— Est-ce que tu as un animal de compagnie ?

— Non, on n'a pas le droit d'en avoir dans notre appartement. C'est un immeuble très classe, tu sais. Et puis, c'est mignon, les animaux, mais ça met des poils partout. Je peux avoir de l'eau gazeuse ?

Je me lève et lui remplis un verre d'eau du robinet.

— Désolée, on n'a que ça.

Zoé le pose près de son assiette, sans en boire une gorgée.

— Maman dit que Los Angeles, c'est fabuleux. J'ai tellement hâte d'y être !

— Elle avait l'air très excité par son nouveau rôle, intervient grand-mère.

— Oui, c'est génial pour elle, répond Zoé, les yeux brillants. Après, elle pourra tourner dans des films !

Ma cousine n'a pas changé : elle est toujours aussi gaie et un peu théâtrale. Ses vêtements ont l'air de sortir tout droit d'un magazine de mode, et ses cheveux sont parfaitement peignés. Elle est rousse, elle aussi, mais beaucoup moins que moi. D'ailleurs, elle n'a pas une seule tache de rousseur. En plus, elle pense que les animaux ne sont bons qu'à mettre des poils partout ! Difficile de croire qu'on est de la même famille... Je parie qu'elle a de super notes, elle !

Au bout d'un moment, j'en ai plus qu'assez de l'écouter parler d'elle. Je me lève de table.

— J'ai du travail, dis-je avant de monter l'escalier à toute vitesse.

Qui aurait cru que mes devoirs deviendraient un jour une si bonne excuse !

Un quart d'heure plus tard, ma grand-mère monte avec Zoé. Elle lui montre sa chambre, juste à côté de la mienne. Je colle l'oreille contre le mur, mais je n'arrive pas à comprendre ce qu'elles disent. En revanche, j'entends ma grand-mère rigoler ! Ça fait longtemps qu'elle n'a pas ri comme ça avec moi...

Et si je profitais qu'elle soit occupée pour aller voir les chiots ? Sur la pointe des pieds, je redescends l'escalier et me faufile dans la clinique...

Frizbi et Flick ont l'air d'aller mieux. Ils ont le ventre tout rond maintenant et dorment paisiblement. Par contre, Flock est encore sous perfusion, et sa fiche médicale indique qu'il ne mange toujours pas.

À cet instant, je sens une petite langue me lécher la main. C'est un des chiots qui vient de se réveiller.

— Tu veux que je reste avec toi, c'est ça ?

C'est le colley de Clara, celui qui avait la diarrhée. Il semble sorti d'affaire, lui aussi.

Ça me fait penser aux autres chiots qui sont enfermés dans l'usine. Je dois à tout prix les retrouver, avec ou sans l'aide de ma grand-mère.

En parlant de grand-mère, la voilà justement qui arrive avec Zoé. Oups... Je suis prise la main dans le sac ! En me voyant, elle fronce les sourcils mais ne dit rien, sans doute à cause de notre invitée.

— Oh ! Il est trop mignon ! s'exclame Zoé d'une voix si aiguë qu'elle fait gémir tous les chiens de la pièce.

Elle se jette sur le colley de Clara et le prend dans les bras d'un geste brusque.

— Attention, Zoé..., commence ma grand-mère.

Trop tard ! Le chiot, affolé, a fait ses besoins sur le beau tee-shirt vert de ma cousine...

— Berk, c'est dégoûtant ! s'écrie-t-elle avec une grimace à mourir de rire.

Elle laisse tomber le colley dans son panier et s'enfuit en courant, grand-mère sur ses talons. Je me précipite vers le chiot pour m'assurer qu'il n'est pas blessé. Tout va bien. Il est juste un peu étourdi par la chute, et surtout surpris par la réaction de Zoé. Il doit se demander ce qu'il a fait pour mériter ça ! Je lui gratouille le dos :

— Ce n'est pas ta faute. Elle t'a attrapé comme si tu étais une peluche.

Quelques minutes plus tard, grand-mère fait irruption dans la pièce. Je lance avec ironie :

— Tu es sûre que nous sommes de la même famille, elle et moi ?

— Remonte tout de suite, et finis tes devoirs ! m'ordonne-t-elle d'un ton sec. Tu n'as pas honte de te moquer de ta cousine ? Tu étais censée l'aider à se sentir chez elle et, au lieu de ça…

— Mais elle a fait une de ces têtes ! C'était trop drôle !

— Tu me déçois beaucoup, Sophie. File dans ta chambre !

Je ne comprends rien : d'habitude, ma grand-mère ne supporte pas les chochottes. Zoé a fait tout un plat pour un petit caca de rien du tout, et c'est moi qui prends !

Le regard noir, je retourne dans ma chambre

en claquant toutes les portes sur mon passage. Ça réveille Sherlock, qui somnolait sur mon lit. Dès que je m'assieds, il s'approche doucement et frotte sa truffe contre ma main.

— Laisse-moi tranquille !

Il n'obéit pas. Il sait que j'ai besoin de réconfort, et que je ne peux pas résister à ses câlins… La preuve : au bout de quelques minutes, j'ai retrouvé le sourire.

Le basset saute alors sur mon bureau et se met à aboyer.

— Tu as raison, il faut que je me colle à ce satané devoir d'éducation civique.

Mme Griffin m'a conseillé de relier le sujet à quelque chose qui m'intéressait. J'ai bien essayé, mais je n'arrive toujours pas à trouver un lien entre la création d'une loi et le basket-ball !

Je jette un coup d'œil sur mon réveil. Ça fait au moins une heure que grand-mère est à la clinique. Il y a sûrement un problème…

— Je sais que je n'ai pas le droit d'y aller, dis-je à Sherlock mais, en cas d'urgence, ça ne compte pas, non ?

Chapitre onze

J'entre dans la salle d'examen et vois Milli, allongée sur la table. Ma grand-mère est penchée sur elle et lui palpe doucement le ventre.

— Qu'est-ce qui se passe ?

— Je ne sais pas trop..., répond grand-mère. Elle n'arrête pas d'aboyer et de tourner en rond.

Elle sort le stéthoscope et pose son embout sur l'estomac de Milli.

— On dirait qu'elle a trop mangé. Tu es sûre d'avoir indiqué les bonnes proportions à Isabelle ?

— Oui, je les ai même notées sur un papier. Tu crois qu'elle a pu attraper l'infection des chiots ?

— Une infection ? C'est dangereux ?

Je me retourne d'un bloc et aperçois Zoé dans

l'encadrement de la porte. Elle a enfilé un tee-shirt noir tout propre.

— Milli a mal au ventre, explique ma grand-mère.

— Et elle est ballonnée, dis-je.

— Elle a dû avaler trop d'air et de nourriture, poursuit grand-mère. Ça peut être très dangereux si l'estomac se retourne. Je vais garder un œil sur elle cette nuit. Sophie, aide-moi à la transporter dans la salle de repos. Si son état empire, je lui ferai une radio.

Zoé nous accompagne et s'assied à côté des chiots. Cette fois, elle se contente de leur caresser la tête. Pendant ce temps, j'aide ma grand-mère à faire entrer Milli dans sa cage.

— Allez Milli, lève-toi, bon sang ! s'exclame grand-mère.

— Laisse-moi faire… Milli, couchée !

— Ne sois pas ridicule, Sophie. Je ne veux pas qu'elle se couche, je veux qu'elle entre dans la cage !

— Ça a marché hier. Elle fait toujours le contraire de ce qu'on lui ordonne. Allez ! Milli, couchée.

Milli me jette un regard effronté et pénètre dans la cage. Grand-mère l'installe confortablement pendant que je lui caresse le museau.

— Ne t'inquiète pas, ma belle. Demain, ça sera oublié !

Soudain, Zoé sursaute et étouffe un petit cri. Je fais comme si elle n'était pas là : elle panique pour la moindre chose. Ma grand-mère devrait lui interdire de venir dans la clinique. Je continue à parler à la chienne.

— Dis, Milli, et si on allait se promener demain, au lieu d'apprendre à s'asseoir ?

Zoé sursaute de nouveau, et grand-mère relève la tête de ses notes.

— Tout va bien, Zoé ?

Ma cousine se mord les lèvres et tend un doigt tremblant vers Flock.

— Il… il ne respire plus ! dit-elle d'une voix haletante.

Ma grand-mère se précipite vers le chiot et vérifie son pouls. Je m'approche à mon tour :

— Alors ?

Elle secoue la tête.

— Il est mort, Sophie.

Il n'y a que le basket qui peut m'aider à aller mieux dans ces moments-là. Même s'il fait nuit. Le panier est accroché devant la maison, près du garage.

Boum, boum. Je dribble. Je vise le filet, et... raté !

— Tu ne plies pas assez tes genoux, dit ma grand-mère en ramassant la balle.

Tiens ! Je ne l'avais pas entendue venir.

— Regarde...

Elle dribble sur quelques mètres, plie bien les genoux et tire. Mais la balle rebondit sur le panneau et se retrouve à mes pieds. Pas de panier pour Doc' Mac non plus ! À moi de lui donner des conseils :

— Tu la lances trop fort. Il faut que ton poignet soit souple. Essaie encore.

Elle retente sa chance, et cette fois-ci la balle tombe en plein dans le filet.

Je la taquine :

— Pas mal pour une grand-mère !

— À toi de jouer.

Je recule jusqu'à la ligne des trois points, je vise, je lance... Rien à faire ! La balle ne touche même pas le panier.

— J'arrête, je n'y arriverai pas... Je rentre.

— Attends. J'ai à te parler... C'est un peu dur ces jours-ci pour toi.

— Sans blague !

— Je suis désolée pour Flock. Il était plus malade que les autres.

— Je sais, dis-je en ramassant la balle.

— Tu m'en veux d'avoir engagé les autres bénévoles, n'est-ce pas ?

Je recommence à dribbler sans répondre.

— Tu m'en veux aussi de t'avoir punie, poursuit -elle.

Je continue à jouer comme si je n'entendais rien.

— Et je parie que tu m'en veux aussi que Zoé soit là.

Je tire. La balle rebondit violemment sur le panneau et grand-mère la récupère au vol.

— Parle-moi, Sophie !

Alors, j'éclate :

— Je n'ai plus l'impression d'être chez moi, ici ! Les gens entrent et sortent comme s'ils étaient chez eux. Mes professeurs pensent que je suis nulle. Je suis très inquiète pour les chiots. Et toi, tu es tout le temps en colère contre moi ! On ne peut pas oublier ce contrôle une bonne fois pour toutes ? Je ferai mieux la prochaine fois. Je t'en prie, dis aux autres qu'on n'a plus besoin d'eux, achète à Zoé un billet pour Los Angeles et aide-moi à retrouver cette usine à chiots !

Ma grand-mère me regarde en silence pendant un long moment.

— Tu as raison. Les choses sont allées si vite

que je n'ai pas eu le temps de te demander ce que tu ressentais. Voilà ce que je te propose : on garde les autres...

— Mais...

— On garde les autres, reprend grand-mère en levant la main, jusqu'à ce que les chiots aillent mieux et que tu fasses ce devoir. Tu pourrais peut-être demander à l'un d'eux de t'aider, ils sont tous très sympa.

— C'est ça...

— En tout cas, plus vite tu le termineras, plus vite tu pourras revenir à la clinique. Ça te va ?

— Et Zoé ?

Grand-mère a l'air très embarrassée.

— Eh bien, j'ai parlé à Rose tout à l'heure. On a pensé que ce serait bien pour Zoé de rester ici jusqu'à la fin de l'année scolaire.

— Quoi ? Tu plaisantes, j'espère ! Je croyais qu'elle était là pour deux ou trois semaines !

— C'est ce que Zoé croyait aussi ; elle a tout de même bien pris la nouvelle. Du coup, elle veut dresser un de nos animaux pour en faire une superstar ! ajoute ma grand-mère avec un sourire.

— Il faudrait déjà qu'elle arrive à en toucher un sans piquer une crise d'hystérie !

— Elle a l'air décidée, en tout cas. Vous vous ressemblez plus que tu ne crois, elle et toi...

— Bon, je veux bien faire mon devoir et être gentille avec Zoé, mais qu'est-ce qu'on décide pour l'usine à chiots ?

— Je préviendrai la police demain, promet ma grand-mère. Seulement, je doute que ça fasse partie de leurs priorités.

— On finira par l'avoir, ce sale type ! J'en suis sûre !

Chapitre douze

Le lendemain matin, je me réveille avec un plan en tête. Je sais exactement comment coincer le vendeur! Il faut juste que j'arrive à convaincre ma grand-mère d'aller au marché.

Je descends les escaliers en chantonnant et trouve Zoé en train de farfouiller dans la cuisine.

— Vous n'avez pas grand-chose à manger ici, marmonne-t-elle, la tête dans un placard. Il n'y a même pas de farine, sinon je vous aurais préparé des pancakes. Estelle m'a appris à les faire.

— Désolée! dis-je en attrapant la boîte de céréales sous son nez. Grand-mère n'est pas très douée pour la cuisine. En général, on prend des plats à emporter. Mais je suis sûre qu'on va faire des courses aujourd'hui...

Zoé se coupe une tranche de pain et la glisse dans le toaster.

« Allez, sois sympa avec elle, me dis-je. Pose-lui des questions... »

— Qui est Estelle ?

— Notre domestique.

— Vous avez une domestique ? Pour quoi faire ?

— Bah, pour gérer la maison ! répond Zoé comme si c'était évident. Estelle nous faisait à manger, elle réveillait ma mère pour qu'elle soit à l'heure sur le plateau, elle m'aidait à faire mes devoirs... Elle était géniale !

— Et maintenant, elle est à Los Angeles avec tante Rose ?

— Non, elle est rentrée chez elle pour s'occuper de son frère malade, dit Zoé en ouvrant un dernier placard. Berk ! Ce truc est périmé depuis des années !

Elle attrape un pot de compote et le jette dans la poubelle.

— Vous ne vous faites jamais livrer le petit déjeuner ?

— Quelqu'un a parlé de petit déjeuner ? demande ma grand-mère en poussant la porte de la cuisine.

— Si on peut appeler ça comme ça..., répond Zoé. À peine quelques toasts et... Ça sent le brûlé !

Je me précipite vers le toaster et fais sauter les tranches de pain.

— Oups... j'ai oublié de te dire qu'il ne marchait pas très bien. Il faut le surveiller, sinon les tartines sont toutes carbonisées ! Comme celles-ci...

— Je m'occupe des suivantes, annonce grand-mère. Laissez-moi juste le temps de me laver les mains.

Alors qu'elle se frotte les mains avec du savon, je lui demande :

— Comment vont Milli et les chiots ?

— Très bien ! Milli n'a plus mal au ventre, mais il faudra lui prévoir un repas léger aujourd'hui. Et puis... J'ai examiné le corps de Flock pour savoir ce qui l'a tué. Il avait une malformation cardiaque : l'organe n'arrivait pas à pomper le sang comme il faut. Avec l'infection respiratoire et la déshydratation en plus, il n'avait pas beaucoup de chances de s'en sortir. Ce n'est la faute de personne.

À part celle du vendeur qui l'a maltraité ! Je dois absolument trouver un moyen d'aller au marché...

Quelques minutes plus tard, l'occasion d'aborder le sujet se présente.

— Je suis désolée, dit grand-mère à Zoé. Il n'y a rien à manger ici.

Je m'empresse d'intervenir :

— Et si on allait faire des courses au marché ? Je suis sûre que Zoé n'a jamais rien vu de pareil.

— Excellente idée ! approuve grand-mère. Gabriel pourra très bien s'occuper de la clinique tout seul pendant quelques heures.

C'est gagné ! Ne vous inquiétez pas, les chiots, Sophie Macore part en mission de sauvetage !

Le marché est plein à craquer. Les bonnes odeurs de pain frais, de tarte aux pommes et de poulet rôti nous chatouillent les narines.

— Que diriez-vous d'un chocolat chaud ? demande grand-mère. On ne va quand même pas faire des courses le ventre vide !

— Je suis tout à fait d'accord ! répond Zoé.

— Et toi, Sophie ?

Mon estomac gargouille ; sentir toutes ces choses délicieuses m'a mis l'eau à la bouche, mais je dois rester concentrée sur ma mission.

— Non, merci. Allez-y, toutes les deux, je vais faire un petit tour. Je vous rejoins plus tard.

Grand-mère fronce les sourcils : ça ne me ressemble pas, de refuser un chocolat chaud. Je la rassure en lui faisant un grand sourire, et elles continuent leur chemin bras dessus, bras dessous. Zoé se remet à parler à toute vitesse, et grand-mère a les yeux qui brillent. On dirait deux bonnes copines ! Je n'arrive pas à y croire, ma grand-mère n'est jamais comme ça avec moi !

Je secoue la tête pour me remettre les idées en place. Ce n'est pas le moment de faire une crise de jalousie : mon enquête est sur le point de commencer...

J'arpente les allées et demande aux marchands s'ils connaissent le vendeur de chiots qui était là la semaine dernière. Personne ne se souvient de lui, à part Mme Nestor qui vend des habits faits au crochet, tout au bout de la deuxième allée.

— Je ne connais pas son nom, me dit-elle, mais je l'ai déjà vu ici, et sur le marché de la ville voisine. C'est un type pas très aimable. Il a essayé de me vendre un de ses chiots. Qu'est-ce qu'ils sont maigres !

Pas de doute, c'est lui !

— Vous vous rappelez autre chose ? Quel genre de voiture il avait ? Il travaillait avec quelqu'un ? N'importe quoi qui puisse m'aider...

— Non... Il m'a juste dit qu'il habitait rue Lafayette.

— C'est génial ! Merci beaucoup, madame Nestor ! Merci, merci, merci...

— Pas de quoi, Sophie ! Dis bonjour à ta grand-mère de ma part.

Grand-mère ! Je dois la retrouver au plus vite pour lui annoncer la bonne nouvelle. L'affaire de l'usine à chiots sera bientôt résolue.

Je les aperçois toutes les deux devant le stand de pop-corn. Grand-mère est en train de payer, et Zoé plaisante avec le vendeur. Décidément, cette fille amuse tout le monde... sauf moi.

Ma grand-mère passe son bras autour des épaules de ma cousine, et Zoé joue à lui lancer du pop-corn. C'est stupide ! Grand-mère ne se laissera jamais prendre au jeu, elle déteste qu'on gâche la nourriture...

Quoi ? Elle éclate de rire et essaie de se venger en mettant une poignée de pop-corn dans les cheveux de Zoé. Ma cousine pousse un petit cri, et les fous rires reprennent de plus belle.

Si ça avait été moi, j'aurais eu droit à un de ces savons... C'est écœurant !

— Ah, te voilà, Sophie ! dit grand-mère. Tu as trouvé ce que tu cherchais ?

Je ne crois pas que mes découvertes sur l'usine à chiots l'intéressent en ce moment. Elle préfère rigoler avec Zoé ! Et puis, je ne veux pas lui en parler devant ma cousine.

— Ça ne va pas ? me demande-t-elle en voyant mon visage fermé.

— Si, si !

Je me force alors à sourire.

— On peut y aller maintenant.

Chapitre treize

Grand-mère m'a concocté le pire week-end de ma vie ! Pour commencer, j'ai dû faire « tout mon possible » pour aider Zoé à s'installer... Ce qui voulait dire : enlever mes affaires de la chambre d'amis. J'ai accumulé tellement de choses dans cette pièce : des chaussures, des maillots de basket trop petits que je ne veux pas jeter, des contrôles que je n'ai jamais montrés à ma grand-mère... Ça m'a pris l'après-midi entier.

Ensuite, elle m'a forcée à reprendre la correction de mon contrôle d'éducation civique. J'ai même dû corriger mes fautes d'orthographe !

Et voilà ! On est lundi, et je dois retourner à l'école sans avoir profité de mon temps libre.

Avant de partir, je passe faire un dernier câlin à Milli. Ses propriétaires viennent la chercher tout à l'heure.

— J'espère que ma grand-mère leur dira que «couché» veut dire pour toi «au pied».

Je sens qu'elle va me manquer. J'ai fini par m'attacher à elle et à son esprit rebelle!

Une fois dans le car scolaire, j'essaie de trouver deux places pour Zoé et moi. C'est inutile car ma cousine préfère s'asseoir à côté de Karine Samboro. Le temps d'arriver au collège, elles sont déjà devenues les meilleures copines du monde. Et ma grand-mère qui s'inquiétait pour elle! Il n'y avait vraiment pas de quoi...

Le lundi, j'ai une heure de CDI. On est censés faire des recherches dans les livres de la bibliothèque ou réviser nos cours. D'habitude, je déteste ça! Aujourd'hui, pourtant, ça m'arrange bien: je vais pouvoir réfléchir au calme à la façon de retrouver l'usine à chiots.

Je commence par faire une liste de tout ce que je sais sans me soucier de l'orthographe.

une porté de colleys malades,
vendu au marché
pareil pour 3 labrador

et un batar
le vendeur vie rue Lafayet

Je ne sais pas grand-chose, en fin de compte… Bon, qu'est-ce que je peux faire maintenant? Je doute qu'il existe un répertoire des gens qui maltraitent les animaux… Peut-être que Mme Bouly, la bibliothécaire, pourrait me renseigner. Le problème, c'est que je n'aime pas trop demander de l'aide, ça me donne l'impression d'être stupide.

Je regarde autour de moi et aperçois Clara, installée dans un coin de la pièce. Si j'allais la voir? Grand-mère m'a bien conseillé de me faire aider par les autres bénévoles. À mon avis, Clara est de loin la plus intelligente, et la plus gentille. Elle ne se moquera peut-être pas de moi…

Bon, j'y vais.

Je m'assieds à côté d'elle et lui explique mon plan.

— Attends, je ne comprends pas, m'interrompt Clara. Qu'est-ce que tu comptes faire une fois que tu auras retrouvé le vendeur?

— Eh bien… Je ne sais pas. Je n'y ai pas encore pensé.

Elle ferme son livre et se lève d'un bond.

— Il existe des lois sur la protection des animaux. On doit commencer par là. Suis-moi.

Elle se dirige vers le bureau de Mme Bouly, et je sens mon cœur s'accélérer.

— Heu... On est obligées d'aller la voir?

— Pourquoi pas? Ça sera plus rapide, répond Clara.

Avec un grand sourire, elle explique à la bibliothécaire ce qu'on cherche.

— Les lois sur la protection des animaux sont nombreuses, et parfois difficiles à comprendre, dit Mme Bouly. Je peux te conseiller un livre qui regroupe les informations sur le sujet. Voici la référence.

Elle tend un bout de papier à Clara, qui retrouve sans peine le livre en question dans les rayons. Je l'ouvre à la table des matières, et c'est l'angoisse... Les mots sont comme des milliers de petits insectes qui fourmillent sur la page. Je n'arrive pas à déchiffrer quoi que ce soit.

— Qu'est-ce qu'il y a? me demande Clara.

Je la regarde, embarrassée. Je vais devoir lui dire que je ne sais pas très bien lire. Sinon, je ne pourrai jamais retrouver l'usine à chiots.

— Heu. C'est que... La lecture et moi, ça fait deux. Ça me prend des heures, et après j'oublie tout.

J'ai tellement honte que j'ai envie de disparaître

sous terre : si elle se moque de moi, je m'enfuis en courant !

— Oh, ce n'est rien ! déclare Clara. Laisse-moi faire.

Quoi, c'est tout ? J'aimerais bien que ma grand-mère réagisse de la même manière !

Clara parcourt la table des matières avant de se plonger dans le livre. C'est impressionnant, de la voir travailler. On dirait un reporter ! Elle lit très vite et griffonne un tas de notes.

— Et voilà ! annonce-t-elle au bout de dix minutes. La plupart des lois qui nous intéressent sont dans le Code rural, article L214.

— Heu… tu m'expliques ?

— Cet article dit qu'une personne qui élève des animaux doit leur assurer un environnement conforme aux règles sanitaires.

— Ce qui n'est pas le cas du vendeur !

— Elle doit aussi leur donner de l'eau et de la nourriture, poursuit Clara.

— Les chiots étaient tous maigres et déshydratés. Un deuxième point pour nous !

— Enfin, elle doit fournir aux acheteurs un dossier médical, prouvant que les chiens ont bien été vaccinés.

— Ce type est un vrai bandit. On va le coincer ! Qu'est-ce qu'il risque ?

— Selon le Code pénal, une grosse amende, et même de la prison.

— C'est génial !

— Chhhhhhhh ! souffle la bibliothécaire.

— C'est génial, dis-je à voix basse. Il sera obligé de fermer son usine.

— Qu'est-ce qu'on fait maintenant ? demande Clara.

Elle a l'air aussi excitée que moi.

— Il faut que je note tout ça, sinon je vais oublier.

Lois sur la protection des animaux
Code rural, article L214

<u>Les éleveurs doive fournir…</u>	<u>Sinon…</u>
Un endroi propre pour vivre	Grosse amande
de l'eau et de ~~la nut~~ritur nouritur	PRISON !
dossié médical	

— Tu as mal écrit certains mots, remarque Clara.

— Je m'en fiche ! Tant qu'on peut le mettre en prison…

— Ça, ce n'est pas encore sûr… Il faut déjà le retrouver ! Et devine qui va nous aider ?

— La bibliothécaire !

Mme Bouly nous sort un annuaire téléphonique qui regroupe les abonnés par adresse. Après avoir corrigé mon orthographe de « Lafayette », Clara cherche la rue. Malheur ! La liste des gens qui vivent là-bas fait trois pages ! Je ne pourrai jamais appeler tous ces numéros toute seule...

Je prends mon air innocent et lâche :

— Dis, Clara, qu'est-ce que tu fais après les cours ?

Le car scolaire qui nous ramène à la maison est plein à craquer. Tout le monde parle fort, on s'entend à peine.

— Même à deux, ça prendrait des jours, me crie Clara.

— Comment ça ?

Elle sort une pochette en plastique de son sac et me montre une feuille couverte de calculs.

— Il y a cinquante noms par colonne, trois colonnes par page et trois pages en tout, ce qui fait quatre cent cinquante noms. Si on passe environ trois minutes par personne, ça nous prendra à chacune plus de onze heures d'affilée !

— Tu plaisantes ! Et si on demandait à Isabelle de nous aider ?

Clara sort sa calculatrice, soigneusement rangée

dans une poche de son sac. Comment fait-elle pour garder toutes ses affaires en ordre ?

— Sept heures cinquante minutes.

— Plus Zoé ?

— Environ cinq heures et demie.

L'équivalent de deux après-midi entiers. Ma grand-mère a beau avoir plusieurs lignes téléphoniques, elle ne nous laissera jamais utiliser le téléphone aussi longtemps ! Je parcours du regard le bus et tombe sur David, en plein concours de grimaces avec ses copains.

— Et avec David ?

Je n'arrive pas à croire que c'est moi qui viens de dire ça !

— À nous cinq, ça ferait quatre heures et demie chacun, annonce Clara. Et si tu t'en occupes toute seule, tu passeras…

Clara tapote sur sa calculatrice.

— Vingt-deux heures et cinq minutes au téléphone !

Et moi qui pensais que les maths ne servaient à rien !

Il ne reste plus qu'à prévenir les autres. Je fonce m'asseoir à côté de chacun d'eux. Isabelle accepte immédiatement. Zoé aussi.

— Maman m'a toujours dit que j'étais très douée pour faire parler les gens au téléphone, ajoute-t-elle avant de se retourner vers les sœurs Carmino.

Je dois dire qu'elle m'impressionne. En une journée, elle est devenue amie avec les filles les plus populaires du collège !

Je prends une grande inspiration et m'approche de David. Ses copains commencent aussitôt à chuchoter et à ricaner.

— Salut, David. Tu veux bien venir à la clinique, là, tout de suite ? On a besoin de toi.

Avant qu'il puisse répondre, les garçons se mettent à huer et à siffler. Je cours me réfugier à ma place, les joues écarlates.

— D'accord ! crie David depuis le fond du bus.

Une fois à la maison, on s'installe tous autour de la table de la cuisine. On a de la chance, ma grand-mère n'est pas là.

Clara distribue la liste des numéros de téléphone qu'elle a photocopiée et divisée en cinq. À moi de jouer :

— Écoutez-moi ! Il faut sauver les autres chiots et mettre le propriétaire de l'usine en prison. Pour le retrouver, vous devez chacun appeler les numéros qu'il y a sur votre liste.

— Et qu'est-ce qu'on est censés dire ? demande Clara. Je ne suis pas très forte pour mentir...

— C'est simple, répond Isabelle. Tu veux acheter un chien, et tu as eu ce numéro par une amie. C'est presque la pure vérité !

— Au boulot ! Les chiots comptent sur nous !

Heureusement, la clinique et la maison possèdent six lignes téléphoniques. David prend le poste de la cuisine, Zoé celui de la chambre de ma grand-mère et Clara celui du laboratoire. Isabelle se met au bureau de la secrétaire, et moi au mien. Avec ça, il reste toujours une ligne libre en cas d'urgence.

Le travail est répétitif: composer, questionner, raccrocher ; composer, questionner, raccrocher. Isabelle est très efficace, et elle a l'air tellement sûre d'elle ! Moi, je n'arrête pas de faire des faux numéros. Ça me fait perdre un temps fou.

— Tu mélanges tout ! remarque Isabelle après m'avoir observée quelques minutes. À la place de « 36 24 89 », tu as tapé « 36 29 84 ».

— Mince… Ça m'arrive tout le temps. Ça veut dire que… Oh non ! Je sais ce qu'il s'est passé avec Milli !

— De quoi tu parles ? demande Isabelle.

— Où tu as mis le papier que je t'avais donné, avec les quantités de nourriture pour les chiens ?

— Je l'ai scotché sur le placard du chenil. Pourquoi ?

Pas le temps de lui expliquer ! Je cours jusqu'au

chenil et décroche la feuille. C'est bien ce que je pensais : j'ai inversé les chiffres. Au lieu de 2,5 cuillères de croquettes par jour, j'ai écrit 5,2. Isabelle a bien respecté la consigne ! Milli est tombée malade à cause de moi… Peut-être que je ne ferai pas une si bonne vétérinaire, après tout.

Sophie ! Sophie ! s'écrie Clara. Ça y est ! David l'a trouvé !

Chapitre quatorze

Il nous a fallu à peine deux minutes pour tout raconter à ma grand-mère, et quatre jours avant d'agir ! Le temps de prendre les « mesures nécessaires », comme dit grand-mère : s'assurer que la police se tiendrait prête à intervenir et que les chiots seraient recueillis après l'arrestation de l'escroc. Au début, je trouvais idiot d'attendre : il suffisait d'aller chez le vendeur et de libérer les chiens ! Isabelle a même suggéré de s'introduire chez lui pendant la nuit (je précise au passage que je n'étais pas du tout d'accord avec cette idée !).

C'est grand-mère qui avait raison : ce n'est pas une affaire à prendre à la légère. Quand on ne sait pas sur quoi on va tomber, mieux vaut être prudent.

Le grand jour est enfin arrivé. Il pleut à grosses gouttes, et nous sommes tous entassés dans la camionnette de ma grand-mère, en route pour la rue Lafayette.

— Les bons éleveurs prennent soin de leurs chiens, nous dit-elle. Ils les soignent, leur donnent des cages propres et de la nourriture. Mais je doute que ce soit le cas là où nous allons... Les cages seront probablement crasseuses, les chiens malades et affamés. Les personnes qui gèrent ce genre d'endroit ne songent pas au bien-être des animaux. Elles veulent gagner de l'argent, et c'est tout.

— Ça ne donne pas très envie d'y aller..., dit Zoé d'une petite voix.

— Vous pouvez rester dans la camionnette si vous voulez, propose grand-mère.

Je me retourne vers les autres pour voir leur réaction : David a l'air angoissé, et Isabelle semble révoltée. Clara réfléchit, les sourcils froncés, tandis que Zoé se ronge les ongles. Aucun ne fera marche arrière ! Nous irons tous ensemble jusqu'au bout de notre mission.

La camionnette s'engage dans une allée, et nous

passons devant une pancarte «Chiots à vendre». Pas de doute, nous y sommes.

La voiture de la police et celle du refuge pour animaux nous suivent de près. Le capitaine Lombard n'est pas seulement le chef de la police, il dirige aussi le refuge de la ville. Son vrai nom, c'est Zébulon P. Lombard. Je lui demande souvent ce que signifie le «P.», et il me donne chaque fois une réponse différente. Je l'appelle «monsieur», c'est plus simple. Ses bénévoles sont là pour nous aider à prendre soin des chiens.

Ma grand-mère se gare à côté de la maison du vendeur. En face, il y a une petite grange en très mauvais état: le toit est défoncé, il manque plusieurs vitres aux fenêtres, et la peinture est si vieille qu'on ne sait même plus de quelle couleur elle était. À l'intérieur, des chiens aboient… Il suffit de les entendre pour savoir qu'ils sont malheureux.

Quelques secondes plus tard, un homme sort de la maison comme un ouragan. Mme Nestor avait dit vrai, il est sale et maigre. Et surtout très agressif!

— Qu'est-ce que vous faites ici? hurle-t-il en tapant sur la camionnette. Sortez de ma propriété tout de suite!

— Vous croyez qu'il est armé? chuchote Clara.

— Ça m'est égal! répond fièrement Isabelle.

— Heu… Pas à moi ! lâche David.

— Vous ne devez prendre aucun risque, intervient ma grand-mère. Restez ici, je vous préviendrai quand vous pourrez sortir.

Elle descend et va discuter avec le policier, puis frappe à ma fenêtre.

— C'est bon !

Le vendeur est toujours aussi furieux.

— Capitaine, je veux que vous arrêtiez ces personnes pour violation de domicile ! dit-il en nous montrant d'un doigt tremblant.

— Désolé, Harry, j'ai un mandat de perquisition, répond M. Lombard. Il y a eu plusieurs plaintes à propos de ton élevage. Le docteur Macore est là pour soigner les chiens malades.

Harry jette un œil inquiet vers la grange. Il sait qu'il est pris au piège !

— Heu… Je n'ai pas vraiment eu le temps de m'occuper d'eux à cause de la pluie, marmonne-t-il. Revenez demain.

Le capitaine se penche vers ma grand-mère.

— En effet, ce serait plus pratique, lui glisse-t-il. Il pleut de plus en plus fort !

— Pour qu'il ait le temps de tout mettre en ordre ? Jamais ! Nous devons… enfin, un vétérinaire doit voir les chiens tout de suite ! dis-je.

— C'est vrai, renchérit ma grand-mère.

— J'appelle mon avocat ! hurle Harry en se ruant vers la maison.

— Finissons-en..., commande le capitaine.

Il se dirige vers l'entrée de la grange avec ses bénévoles, suivi de Zoé, David et Clara. Grand-mère, Isabelle et moi faisons le tour. À en juger par les aboiements, des dizaines de bêtes sont enfermées ici.

Ce que je découvre est pire que tout. Les chiens sont entassés dans des cages en fer, sans le moindre espace pour bouger. Ils sont obligés de faire leurs besoins là où ils sont, et l'odeur est épouvantable. Rien ne les protège de la pluie et du froid. Leurs bols sont maculés d'une bouillie dégoûtante, et ils n'ont pas d'eau. Il y a des vers partout. On dirait une horrible prison pour chiens...

Je vois des labradors, des colleys et des terriers. Ils sont tous si mal en point que je ne sais pas par lequel commencer. Certains aboient désespérément, mais la plupart sont trop faibles pour réagir.

Je ne peux pas retenir mes larmes. Comment peut-on traiter des animaux comme ça ?

— On devrait l'enfermer dans une de ces cages pour qu'il comprenne ce que ça fait, dit Isabelle d'une voix tremblante.

— Cet homme n'a pas de cœur..., déclare grand-mère.

David arrive en courant de l'autre bout de la grange.

— Nous avons trouvé des chiots là-bas !

Clara et Zoé nous rejoignent à leur tour, portant chacune un petit terrier dans les bras.

— Oh mon Dieu..., murmure Zoé à la vue des cages.

Clara et David sont trop choqués pour parler.

— Il n'y a pas une minute à perdre ! lance grand-mère. On doit les libérer et les ramener à la clinique.

Le capitaine et ses bénévoles passent plus d'une heure à sortir les chiens qui, affolés, se terrent au fond de leurs cages. Grand-mère les examine un par un pour désigner ceux qui seront soignés à la clinique. Les autres seront pris en charge par le refuge.

Une fois le tri terminé, grand-mère met le moteur de la camionnette en marche et pousse le chauffage à fond.

— Venez vous abriter ! dit-elle. Vous allez faire office de couveuses pour les chiots.

Nous grimpons à l'arrière, et elle nous donne à

chacun trois chiots, enveloppés dans une couverture.

— Tenez-les bien contre vous, recommande-t-elle. Ils ont besoin de votre chaleur corporelle.

À cet instant, Clara me pousse du coude en m'indiquant la fenêtre. Je suis son regard et vois le capitaine serrer la main de Harry, qui sourit de toutes ses dents pourries.

— Il a l'air plutôt content, pour quelqu'un qui vient de se faire coincer ! remarque Zoé.

C'est vrai, ça ! Quelque chose ne tourne pas rond… Il faut que j'aille vérifier ce qui se passe.

— Vous pouvez tenir mes chiots une minute ?

J'ouvre la porte de la camionnette et m'élance sous la pluie. L'orage menace, mais ça ne m'arrêtera pas. Je me plante derrière le capitaine et lui tape sur l'épaule, le cœur battant.

— Excusez-moi ! Vous n'allez pas l'arrêter ?

— Ce ne sera pas nécessaire maintenant que le docteur Macore s'occupe des chiens malades, répond M. Lombard. Harry a fait du mieux qu'il pouvait…

— J'ai perdu mon boulot ! peste l'éleveur.

— Et il s'est fait mal au dos, enchaîne le policier.

— C'est pour ça que je ne pouvais pas m'occuper d'eux, conclut Harry d'un air innocent.

Menteur ! Il ne va pas me faire croire qu'il tient à ses chiens !

— Je lui ai donné un avertissement, reprend le capitaine. Et il a promis de venir vous aider à la clinique… Allez, retourne dans la camionnette.

Le tonnerre gronde. Je m'en fiche ; je suis furieuse ! Je fouille dans ma poche et sors mes notes, prises à la bibliothèque.

— Vous êtes obligé de l'arrêter, selon l'article L214 du Code rural sur la protection des animaux ! Il n'a pas fourni de dossier médical aux acheteurs, il ne s'est pas préoccupé de la santé des chiens, et les trois quarts d'entre eux sont…

« Ne pleure pas, Sophie ! Pas tout de suite ! Il mérite d'aller en prison, et tu peux le prouver ! »

Je regarde Harry droit dans les yeux.

— Les trois quarts d'entre eux sont presque morts de faim. Vous serez condamné pour votre cruauté, et vous irez en prison !

Je tends mon papier au capitaine.

— Attendez ici, dit-il avant de se diriger vers sa voiture.

Il attrape sa radio et expose la situation à quelqu'un.

La réponse du commissariat met du temps à venir. Le capitaine tape du pied d'un air impatient. Mes yeux sont toujours rivés sur Harry. Pas question qu'il nous échappe ! L'éleveur se ronge les ongles et lance des regards noirs autour de lui. Je n'arrive pas à savoir s'il est triste, énervé ou honteux de ce qu'il a fait.

Finalement, la radio crépite et le capitaine obtient sa réponse.

— Désolé, Harry, mais la gamine a raison. Je vais devoir t'emmener. Monte dans la voiture, on va régler ça au commissariat.

On a gagné !

Je me retourne… et tombe nez à nez avec ma grand-mère ! Elle était derrière moi, prête à intervenir, mais elle m'a laissée faire. J'y suis arrivée toute seule…

— Tu as réussi ! s'exclame-t-elle en me serrant dans ses bras. Je suis très fière de toi !

Il y avait bien longtemps qu'elle ne m'avait pas dit ça…

Chapitre quinze

À la clinique, on se croirait dans un remake des *101 Dalmatiens*. Il y a des chiens partout, de toutes les tailles et de races différentes. Et chacun a besoin d'un médecin. Heureusement, le docteur Gabriel a appelé ses amis de l'école vétérinaire : trois ont accepté de venir nous aider.

Grand-mère les dirige tous, comme un chef d'orchestre.

— Je veux que chaque chien ait un numéro, une étiquette pour l'identifier et une fiche médicale. Gabriel, installe-les confortablement. Tu peux utiliser les deux salles d'examen, la salle d'opération et la salle de repos. On videra le labo si on manque de place.

Une jeune vétérinaire aux cheveux roux passe devant nous, un chiot haletant dans les bras.

— Excusez-moi, où se trouve la salle des radios ? Je crois qu'il a un poumon perforé.

— Au fond du couloir, à droite, répond ma grand-mère.

On se sent un peu inutiles, tous les cinq, au milieu des médecins. David s'assoit dans la salle d'attente, les jambes bien repliées pour ne gêner personne. Zoé s'est déjà installée dans la cuisine, et Isabelle décide de faire un tour dans la cour.

— Je devrais peut-être rentrer chez moi, me dit Clara. Je peux utiliser ton téléphone ?

— Bien sûr. Suis-moi.

Je m'apprête à ouvrir la porte de la cuisine quand j'entends ma grand-mère qui crie à l'autre bout de la pièce.

— Sophie Macore ! Où vas-tu ? J'ai besoin de toi ici.

Mon cœur se met à battre plus fort.

— C'est vrai ?

— Bien sûr ! Venez tous ! Enfilez vos blouses et lavez-vous les mains. Rendez-vous dans la salle d'opération.

Youpi ! L'équipe des petits vétérinaires a une nouvelle mission ! Tandis que les médecins soignent les chiens, nous nous occupons de tout le reste. Et, cette fois-ci, chacun est à son poste !

David transporte les patients stabilisés dans la salle de repos. Je suis épatée : il ne fait pas le clown.

Clara et Isabelle déplacent Frizbi, Flick, les colleys et le bâtard, et aménagent le panier pour les nouveaux venus. La lampe chauffante est installée au-dessus d'eux pour qu'ils n'attrapent pas froid.

— Et moi, qu'est-ce que je peux faire ? demande Zoé.

— Surveille les patients dans la cage à oxygène, répond grand-mère. Si l'un d'eux commence à haleter, compte le nombre de respirations par minute. S'il y en a plus de cinquante, préviens-moi immédiatement.

Moi, je suis responsable du matériel. Je distribue à chaque équipe des instruments propres, des antibiotiques et des gants.

— Il n'y a presque plus de solution de Ringer, dis-je.

La vétérinaire rousse se retourne et me lance les clés de sa voiture.

— Tu en trouveras dans le coffre de la Coccinelle rouge. J'en emporte toujours une réserve quand je pars sur le terrain.

— Voilà une femme comme j'aime ! s'exclame ma grand-mère. Patient suivant !

L'orage gronde toujours, et je suis toute trempée en revenant de la cour. Les chiens du chenil sont terrifiés, ils n'arrêtent pas de gémir et d'aboyer.

— Est-ce que quelqu'un peut aller les calmer ? demande grand-mère.

— J'y vais ! répond Isabelle.

Je prends sa place à côté de Clara et examine les chiots : ils ont l'air d'aller bien.

À cet instant, la foudre frappe tout près de la maison, et les lumières vacillent. Au chenil, les gémissements redoublent d'intensité.

— Il ne manquait plus que ça ! s'exclame Gabriel.

— Pas de panique, dit grand-mère. J'ai un générateur de secours en cas de panne de courant. C'est mieux que de travailler à la bougie.

— C'est moins romantique..., plaisante Gabriel.

Ma grand-mère éclate de rire. La tension est retombée maintenant que les chiens vont mieux. Les cages sont presque toutes occupées, et les vétérinaires se mettent à ranger le matériel.

Tout à coup, grand-mère arrête de rire. Le petit labrador qu'elle est en train de soigner semble étouffer.

— Sophie, vite, de l'oxygène !

— Il ne reste plus qu'une bouteille, et c'est Gabriel qui l'a.

Le chiot ne respire plus.

— Tiens bon ! murmure ma grand-mère.

Elle se penche et souffle dans ses narines très doucement, pour ne pas abîmer ses poumons. Puis elle écoute son pouls et recommence. Une fois. Deux fois. Trois fois.

— Respire, respire…

Je cours à la salle d'opération prévenir Gabriel.

— On a besoin d'oxygène ! Qu'est-ce qu'on fait ?

— Allez, je t'emmène en voyage, mon petit ! dit Gabriel en prenant son chiot dans les bras. Sophie, je porte le patient, et tu t'occupes du chariot à oxygène.

Il pose le masque sur la truffe du chiot et nous fonçons rejoindre ma grand-mère. Les deux patients sont installés l'un à côté de l'autre.

— Vous allez partager, les gars ! s'exclame le docteur Gabriel. On va leur passer le masque chacun à leur tour. On commence par le vôtre.

Grand-mère pose aussitôt le masque sur le museau du labrador en détresse. Je croise les doigts : « Pourvu qu'il s'en sorte ! » Soudain, le chiot se met à tousser. Ma grand-mère écoute encore une fois son pouls et pousse un soupir de soulagement. Ouf ! Il est sauvé !

Tout est redevenu calme maintenant. Il est onze heures du soir, et grand-mère raccompagne David, Isabelle et Clara chez eux. La journée a été fatigante et riche en émotions ; je suis trop excitée pour dormir. Zoé non plus n'a pas hâte de se coucher. Je sors un sachet de chocolat instantané du placard de la cuisine et me tourne vers elle.

— Tu en veux ?

— Pourquoi pas, à condition que tu me laisses le préparer. Ces trucs ont un goût chimique ! Estelle m'a appris à le faire avec de vrais morceaux de chocolat. Viens, je vais te montrer.

Elle prend une casserole, une tablette de chocolat, du lait, du sucre et se met au travail.

— C'est toi qui vas mélanger, dit-elle en me tendant une cuillère en bois.

Je m'approche à petits pas. Je ne fais jamais la cuisine, et j'avoue que je suis un peu nerveuse... Même Sherlock a l'air surpris de me voir aux fourneaux.

Je tourne plusieurs fois d'une main hésitante.

— Plus vite, sinon ça va brûler ! lance Zoé.

Elle éteint le feu pendant que je continue à touiller de toutes mes forces.

— Et maintenant, goûte.

Ça m'ennuie de l'admettre, mais Zoé a raison : son chocolat est bien meilleur que l'instantané. Je remplis deux tasses et les pose sur la table.

— C'était génial, aujourd'hui ! déclare ma cousine en buvant son chocolat. Enfin, pas l'usine à chiots ! qui m'a donné envie de vomir. Notre opération de sauvetage m'a fait penser à la série dans laquelle joue ma mère, sauf que, là, c'était bien réel. C'est tout le temps comme ça, ici ?

— Ça dépend des jours…, dis-je, évasive.

Soudain, la porte s'ouvre à la volée.

— Vous ne devriez pas être au lit, toutes les deux ? s'écrie grand-mère.

Zoé se met à bâiller et repose sa tasse :

— Oui, je vais me coucher. Sinon, je vais avoir des poches sous les yeux.

— Demain, vous pouvez faire la grasse matinée.

— Ciao ! fait Zoé en nous saluant de la main.

— Bonne nuit !

J'attends qu'elle ait monté l'escalier pour me retourner vers ma grand-mère.

— « Je vais avoir des poches sous les yeux », dis-je en imitant ma cousine. « Chao » ! Ce n'est pas un mot !

— Ça veut dire «au revoir» en italien. Tu ne pourrais pas lui lâcher les baskets un peu?

— Ce serait plus facile si elle parlait comme une fille normale! Mais, au moins, elle fait du bon chocolat chaud...

Grand-mère se sert une tasse et vient s'asseoir à côté de moi.

— Tous les chiots vont bien, me dit-elle. Ils dorment tranquillement.

— Les Macore sont les plus forts!

— C'est grâce à toi, Sophie. C'est toi qui as trouvé l'usine et qui as fait arrêter le propriétaire. Tu as une véritable passion pour les animaux, et je suis sûre que tu feras une vétérinaire extraordinaire!

Je suis trop contente de l'entendre dire ça! Elle croit vraiment en moi maintenant. Mais je sais que ce n'est pas suffisant...

— Je ne le serai jamais si je n'ai pas de bonnes notes... surtout en maths. Tu avais raison, j'ai besoin d'un professeur particulier.

Je lui explique rapidement mes difficultés avant d'ajouter:

— Ce n'était pas la faute d'Isabelle si Milli est tombée malade. J'avais inversé les chiffres.

Grand-mère pousse un long soupir et me prend la main:

— C'est bien de m'en parler. Il n'y a aucun mal à demander de l'aide de temps en temps. On n'aurait jamais pu y arriver sans celle des autres aujourd'hui. Tes amis ont été formidables !

— On forme une bonne équipe, c'est vrai, dis-je avec modestie. David nous fait rire, Clara garde son calme dans toutes les situations, et Isabelle est très à l'aise avec les animaux.

— Je maintiens tout de même ma promesse, déclare grand-mère en mettant sa tasse dans l'évier. Dès que la situation deviendra normale, je leur demanderai de partir, même si je sens qu'ils vont me manquer.

Chapitre seize

Le dimanche suivant, après le petit déjeuner, Zoé et grand-mère me chassent de la cuisine.

Je serais curieuse de savoir ce qu'elles complotent…

En attendant, je dois aller chez mon professeur particulier. Mme Maxime est une institutrice à la retraite. Elle trouve toujours des astuces pour rendre le travail plus amusant. Du coup, ça me plaît !

— Alors, tu as eu le résultat de ton devoir d'éducation civique ? me demande-t-elle.

— J'ai eu douze sur vingt. Ma prof a bien aimé que je m'intéresse aux lois sur la protection des animaux. Elle a dit que c'était original et bien expliqué. Mais j'ai perdu des points à cause de l'orthographe...

— Et pourquoi n'avais-tu pas utilisé le dictionnaire ?

— C'est trop barbant !

Mme Maxime secoue la tête en souriant.

— Allez, au travail !

Deux heures plus tard, je rentre à la maison et trouve Isabelle, Clara et David assis sur le perron.

— Salut, tout le monde ! Qu'est-ce que vous faites devant la porte ?

— Doc'Mac ne veut pas nous laisser entrer, explique David.

— Quoi ?

Je tourne la poignée, mais la porte refuse de s'ouvrir. Elle doit être verrouillée.

— On a chacun reçu ça, ce matin, fait Clara en me tendant une invitation.

Je regarde le carton, rédigé à la hâte par ma grand-mère.

— C'est une blague ?

— Non, répond Isabelle. On n'a pas le droit d'entrer avant...

— ... midi pile, complète Clara en regardant sa montre, c'est-à-dire maintenant.

À cet instant, la porte s'ouvre, et grand-mère apparaît sur le seuil.

— Bienvenue à tous ! s'exclame-elle avec un sourire malicieux.

Je la fixe, étonnée :

— Heu... Est-ce que ça va ?

Pas de réponse. D'un geste solennel, elle nous invite à la suivre dans la cuisine. On se regarde, surpris. Je n'ai aucune idée de ce qu'il se passe, jusqu'à ce qu'une bonne odeur de gâteau vienne me chatouiller les narines. Le gâteau ? C'est impossible, ma grand-mère est encore plus nulle que moi en cuisine ; alors, les pâtisseries...

Zoé nous accueille, l'air ravi. Ah ! Je comprends mieux maintenant...

— Asseyez-vous ! dit grand-mère.

On s'installe autour de la table, et Zoé dépose au milieu un gros gâteau au chocolat. Il est recouvert d'un glaçage blanc et décoré de petits chiots en sucre. Au milieu, le mot « Merci » est écrit en bonbons de toutes les couleurs.

— Vous en voulez ?

— Ouais ! crient Isabelle et David, tandis que Clara répond d'une petite voix : « Oui, s'il vous plaît. »

Zoé sort un couteau et grand-mère découpe leur

œuvre. Je n'arrive pas à croire qu'elle ait organisé une fête ! Ça ne lui ressemble pas...

— C'était l'idée de ta cousine, chuchote-t-elle en me tendant mon assiette. Elle voulait faire venir le traiteur, j'ai dû la retenir !

Puis elle se redresse et déclare tout haut :

— J'ai une bonne nouvelle. Le capitaine Lombard a trouvé une maison pour tous les chiens adultes emmenés au refuge. Il est passé ce matin prendre des photos des chiots. Il va établir une liste d'attente pour leur adoption. Dès qu'ils auront repris des forces, ils pourront rejoindre leurs nouveaux maîtres.

— Des vrais maîtres, précise Zoé.

Soudain, je sens une petite boule chaude me caresser la jambe sous la table. C'est le bâtard ! Il est le plus débrouillard de tous : il y a deux semaines, il a presque réussi à fuguer. Je l'ai rattrapé de justesse.

— Il s'est encore enfui, le coquin !

Zoé se penche et le prend dans ses bras. Elle a l'air beaucoup plus à l'aise avec les animaux maintenant.

— Il a un nom, m'annonce-t-elle. Il s'appelle Filou ! On va peut-être le garder.

Je me retourne vers ma grand-mère, les yeux écarquillés.

— Mais… tu ne nous laisses jamais garder les chiots !

— Je sais, je sais…, dit-elle. Seulement, je me suis attachée à ce petit Filou ! Il n'arrête pas de s'échapper de la clinique pour venir se promener dans la maison, comme s'il était chez lui. L'autre jour, je l'ai trouvé en train de dormir dans le lit de Zoé… Et puis, ta cousine a besoin d'un animal de compagnie.

— Et Frizbi et Flick ? Où sont-ils maintenant ? veut savoir Clara.

— La propriétaire de Frizbi a décidé de l'offrir aux jumeaux. Comme ça, ils auront de nouveau un chiot chacun. Frizbi et Flick sont devenus bons copains, c'est bien qu'ils soient réunis dans la même maison.

Tiens, Socrate nous fait l'honneur de sa présence ! Il marche vers nous en remuant la queue et… saute sur les genoux de Clara ! Grand-mère et moi n'en croyons pas nos yeux : c'est bien la première fois que Socrate apprécie quelqu'un !

À cet instant, j'entends des grognements sous la table. Filou est en train de grimper sur la tête de Sherlock ! Le basset me lance un regard désespéré, et je lui glisse une pincée de sucre glace. Ma grand-mère me tuerait si elle voyait ça…

On dirait qu'elle se prépare à faire un discours. Elle s'éclaircit la voix et commence :

— Le but de cette petite fête est de vous remercier pour votre aide. Vous avez été fabuleux ces dernières semaines ! Je ne sais pas ce que j'aurais fait sans vous. Alors, je vous ai préparé de petits cadeaux…

— Pour toi, Isabelle, un bon pour une donation à l'association animalière de ton choix. Ton enthousiasme et ta combativité me rappellent une personne que j'ai connue il y a longtemps…

— Merci beaucoup ! Je l'offrirai au refuge du capitaine Lombard.

— Pour toi, Clara, poursuit ma grand-mère, un livre sur l'anatomie des chats.

Clara rougit et ouvre le livre avec délicatesse, comme si c'était un trésor.

— À David, maintenant : voilà trois DVD de Laurel et Hardy. Tous les comiques ont besoin de références ! Pour toi, Zoé, une jolie blouse qui t'évitera de te salir à la clinique. Et enfin, pour Sophie, une calculatrice qui imprime les chiffres sur une bande de papier. Comme ça, tu pourras t'assurer que tu ne t'es pas trompée en les tapant.

Je trouve que c'est un beau cadeau, même si j'ai un peu honte… J'essaie de plaisanter :

— Est-ce qu'elle vérifie aussi l'orthographe ?

— Hélas non ! Les enfants, j'ai encore un mot à vous dire.

Tout le monde la regarde avec un grand sourire. Grand-mère baisse les yeux d'un air embarrassé.

— Voilà… Vous formez une très bonne équipe, tous les cinq mais, maintenant que les choses ont repris leur cours, je crois que je n'aurai plus besoin…

— Coucou ! lance le docteur Gabriel en passant la tête par la porte. Est-ce que la livraison de médicaments est arrivée ? Oh, du gâteau ! Je peux en avoir ?

Pendant que ma grand-mère lui coupe une grosse part, je les regarde tous : Isabelle, prête à se battre à tout moment pour une bonne cause, David, jamais à court de blagues, Clara, qui réfléchit plus vite que son ombre, ma cousine Zoé, avec sa joie de vivre et ses talents cachés… Et moi. C'est vrai qu'on forme une super équipe. Alors, autant en profiter !

Je me lève et me racle la gorge pour attirer l'attention des autres.

Personne ne réagit.

— Ho ! Un peu de silence !

Cette fois, ils s'arrêtent de parler et me regardent, l'air surpris.

— Je voulais juste dire quelque chose à ma grand-mère. Tu te souviens des fois où tu m'as grondée parce que je refusais qu'on m'aide ?

— Et comment !

— Eh bien, j'ai fini par comprendre qu'accepter un coup de main n'est pas une mauvaise chose...

Il n'y a plus un bruit dans la cuisine. Même Gabriel a cessé de mâcher. Il est temps de me jeter à l'eau...

— J'avoue, j'étais un peu vexée quand tu as demandé à Isabelle de venir ici. Et puis, il y a eu David, Clara, et Zoé pour couronner le tout ! J'avais peur de perdre ma place, de ne plus être utile...

Je pousse un long soupir.

— Seulement, il y a beaucoup de travail dans une clinique vétérinaire. Alors, je crois qu'ils devraient rester. Comme ça, tu auras plus de temps pour tes articles, et moi pour mes devoirs.

Ma grand-mère fronce les sourcils. Je sais ce qu'elle pense, mais ma décision est prise.

— Je souhaite qu'on continue à travailler tous ensemble.

Sans un mot, grand-mère se lève, pose son assiette dans l'évier et marche vers la porte de la clinique.

Mince alors ! J'ai dit quelque chose qu'il ne fallait pas ?

Soudain, elle se retourne et nous regarde d'un air malicieux :

— Eh bien, qu'est-ce que vous attendez ? Au travail, mes petits vétérinaires !

Protège ton chiot des dangers de ta maison

Par le Dr Hélène Macore

Les chiots sont des explorateurs infatigables : ils adorent fourrer leur nez partout. Et, comme les bébés, ils ont tendance à croquer, mâchouiller ou avaler tout ce qui leur tombe sous la dent. Comment faire pour garantir leur sécurité, et mettre les affaires à l'abri de leurs petites canines ?

Cache les produits toxiques. Certains produits, comme le détergent, l'engrais et l'eau de Javel, sont très dangereux pour ton chiot. Pour éviter qu'il s'empoisonne, place tous ces produits sur une étagère en hauteur ou dans un placard bien fermé.

Rabats le couvercle des toilettes. Un chiot un peu trop curieux peut tomber dans la cuvette des toilettes, et se noyer ! Pense à ce geste simple qui peut lui sauver la vie.

Vérifie tout. Mets-toi à quatre pattes et découvre ta maison du point de vue de ton chiot. Regarde bien sous ton lit, derrière le canapé, dans les recoins des placards, et fais la chasse aux objets qu'il pourrait mâcher ou avaler : fils électriques, barrettes à cheveux, sac en plastique, petits jouets…

Range bien. Ramasse tout ce qui traîne : journaux, livres, jouets, équipement de sport, chaussures, linge sale… Ton chiot pourrait les grignoter !

Fais attention aux plantes. Certaines, comme l'aloe véra et le poinsettia, sont vénéneuses pour les chiots. Même les plantes du jardin, comme l'azalée, peuvent être dangereuses. Ne laisse jamais ton chiot les mordiller, cela pourrait le rendre très malade. Ne le lâche pas sur les pelouses qui viennent d'être traitées avec des produits chimiques.

Sors les poubelles. Elles débordent de choses dangereuses pour ton chiot, comme des os de poulet ou des boîtes de conserve. Ne laisse jamais ton chien tout seul près d'une poubelle facile à ouvrir pour ne pas avoir à tout ramasser, ou, pire, devoir l'emmener aux urgences vétérinaires.

Garde ton chiot attaché. Ne le laisse jamais en liberté dans un lieu ouvert (sans barrière ou clôture). Il pourrait mâcher une plante vénéneuse, manger des saletés, se bagarrer avec un autre animal ou même s'échapper, voire être écrasé par une voiture.

Allô, docteur !

Si ton chiot montre un des symptômes suivants, appelle tout de suite ton vétérinaire. Il pourrait bien être malade.

- Ventre gonflé
- Perte d'énergie
- Toux importante ou respiration haletante
- Évanouissement
- Vomissements pendant plus de douze heures
- Diarrhée pendant plus d'une journée
- Fièvre et frissons
- Yeux rouges
- Oreilles sales et malodorantes
- Vers dans les selles
- Lésions cutanées
- Démangeaisons importantes

- Boitement
- Boule ou bosse sous la peau
- Saignement
- Constipation persistante

Retrouve vite un extrait de :

LES PETITS VÉTÉRINAIRES

SANS ABRI

Chapitre un

— Clara, tu devrais prendre un chat ! répète pour la énième fois Zoé.

Elle est assise à côté de moi dans le car scolaire. Nous sommes en route pour la clinique du docteur Hélène Macore – que tout le monde appelle Doc' Mac –, où nous travaillons comme bénévoles. Le week-end commence bien !

— Je t'ai déjà dit que c'est impossible. Ma mère ne veut pas, un point c'est tout !

— Il faut te battre ! Je ne connais personne qui aime les chats autant que toi.

Zoé a raison. Je les adore tous : les chats au poil long et au poil court, les tigrés, les siamois, et même les chats errants. Leur démarche gracieuse, leur regard mystérieux, leurs moustaches frémissantes me fascinent. Je peux les regarder pendant des heures.

Malheureusement, ma mère ne partage pas ma passion. Elle dit que les chats perdent leurs poils partout, et qu'ils abîment les canapés avec leurs griffes. En réalité, je crois qu'ils lui font un peu peur... Ça a pourtant le même effet: pas de chat chez les Patel.

— Tu dois insister, poursuit Zoé. Les parents attendent que tu leur demandes une chose un million de fois avant de dire oui. C'est comme ça qu'ils s'assurent que tu la désires vraiment.

La mère de Zoé est actrice. Ça ne la dérange peut-être pas que sa fille fasse la comédie pour obtenir ce qu'elle veut. Chez nous, ça ne se passe pas comme ça.

— Tu oublies que ma mère est médecin. Tout ce qui compte pour elle, ce sont les faits.

C'est alors que Sophie, la cousine de Zoé, se penche vers nous.

— C'est vrai, tu as un don avec les chats, déclare-t-elle. Tu mérites d'en avoir un.

Soudain, David se retourne, l'œil brillant. Il est assis à côté d'Isabelle, sur le siège d'en face.

— J'ai une idée! s'exclame-t-il. Tu n'as qu'à dire

à ta mère que ton chat tuera toutes les souris de la cave !

— Berk ! grimace Zoé. C'est dégoûtant.

Isabelle donne un petit coup sur le bras de David.

— Clara n'a pas de souris chez elle, imbécile ! J'ai une meilleure solution : note toutes les raisons pour lesquelles tu veux un chat sur un bout de papier, et donne-le à ta mère. Tu dois en écrire plein pour que ça marche !

Je soupire :

— Ce n'est pas gagné... Ma mère ne tolérerait qu'un chat sans poils, sans griffes, sans litière à changer, et sans nourriture à acheter. Autrement dit, un chat empaillé !

— Pourtant elle a accepté que tu viennes tous les jours à la clinique, remarque Sophie. Tu étais très surprise qu'elle soit d'accord, tu te souviens ? Peut-être qu'elle est moins sévère que tu le crois.

C'est vrai que je ne m'y attendais pas, mais un chat à la maison, c'est une autre histoire.

Au début, je pensais que travailler à la clinique me suffirait : je suis entourée de chats là-bas. Seulement, plus j'en vois, plus j'ai envie d'en avoir un à moi...

Oui, je dois à tout prix convaincre ma mère.

Tandis que le bus s'approche de notre arrêt, je prends une grande décision :

— Vous avez raison ! Je repartirai à l'assaut. Il faut juste que je trouve le bon moment, et les bons arguments… En attendant, je vais profiter des chats de Doc' Mac.

Le docteur Hélène Macore est la grand-mère de Sophie et Zoé. Elle est vétérinaire. C'est elle qui nous a proposé de travailler, à Isabelle, David et moi, en tant que bénévoles dans sa clinique. Depuis un mois, nous l'aidons à soigner toutes sortes d'animaux : des canaris, des chiots, des lapins, des cochons d'Inde… C'est passionnant ! On apprend plein de choses sur eux et sur le fonctionnement de la clinique. Comme je rêve de devenir vétérinaire, je fais tout ce qu'on me demande, même si certaines tâches ne sont pas très drôles, par exemple nettoyer les cages et laver le sol. Mais elles sont nécessaires, alors je les fais quand même.

Ce que je préfère, c'est assister aux consultations, surtout s'il s'agit d'un chat. Dès que j'ai un peu de temps, je me plonge aussi dans le livre sur l'anatomie des chats, un cadeau de Doc' Mac, et je surfe sur Internet pour en apprendre davantage.

C'est peut-être pour ça que Socrate m'aime autant. Socrate est le chat de Doc' Mac. Il a un pelage roux et de fines rayures sur la queue : je parie qu'il avait un grand-père tigré. Il est très musclé, et un peu « snob », d'après Sophie. Il adore qu'on l'admire, mais ne laisse jamais personne le caresser ou l'approcher. Personne sauf moi !

Sophie et sa grand-mère étaient très étonnées de le voir sauter sur mes genoux le mois dernier. Il n'avait jamais fait ça avant. C'est comme s'il m'avait choisie pour être sa favorite. Dès que j'arrive à la clinique, il vient se frotter contre mes jambes ; quand je m'assieds, il vient s'installer à côté de moi. Sophie prétend qu'il aime l'odeur de mon shampoing (c'est vrai qu'il adore jouer avec mes cheveux, longs et noirs). Doc' Mac, elle, dit qu'il m'apprécie parce que je suis calme et douce.

Moi, j'ai ma petite idée : je pense que Socrate sait que je rêve d'avoir un chat. Il sait que j'ai un faible pour lui. C'est lui qui m'a adoptée et, à mon tour, je l'ai adopté dans mon cœur. C'est un peu mon animal de compagnie, même si je ne peux pas le ramener chez moi…

Encore quelques mètres, et nous arrivons chez les Macore. À droite, il y a la grande maison en brique à deux étages, avec des volets verts ; à gauche, la clinique, avec une porte séparée et deux fenêtres qui donnent sur la rue. La propriété est entourée d'un beau jardin, où poussent toutes sortes de fleurs, « parce que les animaux apprécient la nature autant que nous », dit Doc' Mac.

Dès qu'il m'aperçoit, Socrate sort la tête des jonquilles et vient à ma rencontre :

— Salut, toi, fais-je en le grattant sous le menton.

Socrate met en marche son moteur à ronronnements et frotte le coin de la bouche contre mon genou. Les chats ont des glandes qui sécrètent une substance spéciale au niveau de la tête ; en se frottant ainsi, ils marquent leur territoire. Ça veut dire que je fais définitivement partie du monde de Socrate.

Je lui caresse le dos.

— Comme il est chaud ! Je parie qu'il a passé la journée au soleil.

— Les chats ont la belle vie, soupire David. Ils ne font que manger et dormir. Pour eux, c'est tous les jours les vacances...

— Oh, regardez ! s'exclame Zoé en pointant du doigt le fond du jardin. Il y a un autre chat, là-bas, vous croyez que Socrate a une petite amie ?

Le visiteur avance gracieusement vers nous en remuant la queue. Enfin, je devrais plutôt dire « la visiteuse », car c'est une femelle, et elle va avoir des petits. Son ventre touche presque le sol ! Elle est toute noire, avec des pattes blanches et une tache de la même couleur sur le cou.

Socrate suit notre regard, et aussitôt il se met à cracher. Je sens son poil se hérisser sous mes doigts : il ne veut pas d'elle ici !

— Calme-toi, Socrate. Elle ne va pas te faire de mal.

Socrate n'a pas du tout envie d'être gentil. Il se précipite vers l'intruse, les oreilles aplaties. Sa queue bouge rapidement d'avant en arrière pour la mettre en garde.

Hisssssssss !

Ça y est, c'est la guerre !

[...]

Remerciements

Un grand merci à Kimberley Michels et Judith Tamas, docteurs en médecine vétérinaire, pour leurs précisions sur la pratique et les procédures du métier de vétérinaire.

Ouvrage composé par
PCA - 44400 REZÉ

Cet ouvrage a été imprimé
en Espagne par

Industria Grafica Cayfosa
(Impresia Iberica)

Dépôt légal : janvier 2011
Suite du premier tirage : juin 2015

Pocket Jeunesse, une marque d'Univers Poche,
est un éditeur qui s'engage pour
la préservation de son environnement
et qui utilise du papier fabriqué à partir
de bois provenant de forêts gérées
de manière responsable.

12, avenue d'Italie - 75627 PARIS Cedex 13